LES

NOCES D'OLIVETTE

OPÉRA-COMIQUE EN TROIS ACTES

PAR

MM. Henri CHIVOT et Alfred DURU

MUSIQUE DE

M. AUDRAN

PARIS
TRESSE, ÉDITEUR
GALERIE DU THÉATRE-FRANÇAIS
PALAIS-ROYAL

1880

LES

NOCES D'OLIVETTE

OPÉRA-COMIQUE

Représenté pour la première fois, à Paris, sur le théâtre des BOUFFES-PARISIENS, le 13 novembre 1879.

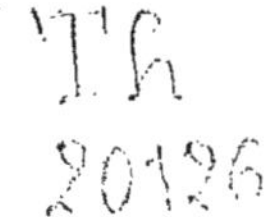

IMPRIMERIE GÉNÉRALE DE CHATILLON-SUR-SEINE, JEANNE ROBE

LES NOCES
D'OLIVETTE

OPÉRA-COMIQUE EN TROIS ACTES

PAR

MM. HENRI CHIVOT & ALFRED DURU

MUSIQUE DE

M. EDMOND AUDRAN

PARIS
TRESSE, ÉDITEUR
GALERIE DU THÉATRE-FRANÇAIS
PALAIS-ROYAL

1879

PERSONNAGES

LE DUC DES IFS.	MM.	JOLLY.
DE MÉRIMAC, capitaine de vaisseau. . .		GERPRÉ.
VALENTIN, officier, son neveu		MARCELIN.
MARVEJOL, sénéchal de Perpignan. . .		DESMONTS.
LONFUSEAU, intendant du duc des Ifs. .		PESCHEUX.
LARTIMON, maître d'équipage.		BERTELOT.
BARBASSOU, aubergiste.		LESPINASSE.
BATILDE, comtesse de Roussillon . . .	Mmes	BENNATI.
OLIVETTE		CLARY.
OURIKA, mulâtresse servante de Marvejol.		RIVERO.
MOUSTIQUE, mousse.		BECKER.
LÉCUREUIL, id.		GABRIELLE.
MISTIGRIS, id.		BOULAN.
UNE SERVANTE		BARNOLL.

SEIGNEURS ET DAMES DE LA COUR, OFFICIERS, SOLDATS, MARINS, SERVANTES, ETC.

La scène se passe dans le comté de Roussillon, vers la fin du règne de Louis XIII.

LES NOCES D'OLIVETTE

ACTE PREMIER

Le théâtre représente une place publique à Perpignan. — A droite, la maison du sénéchal Marvejol avec un balcon praticable peu élevé; à gauche, une auberge portant ces mots : BARBASSOU, AUBERGISTE ET PERRUQUIER.

SCÈNE PREMIÈRE

MARVEJOL, DES HOMMES et DES FEMMES DU PEUPLE.

Au lever du rideau, Marvejol est au milieu du théâtre et la foule l'entoure.

CHŒUR.

Vous avez une fille,
Monsieur le sénéchal,
Que l'on dit fort gentille
Au physique, au moral;
Vous allez, heureux père,
Marier cette enfant,
Nous venons vous en faire
Tout notre compliment!...

MARVEJOL.

Oui, mes enfants, je marie,

Aujourd'hui ma fille chérie,
Qui, je le dis avec fierté,
Joint la jeunesse à la beauté.

I

Mon Olivette
Est une charmante brebis,
Aimable, douce et gentillette,
D'un caractère très soumis;
Une modeste violette,
Et franchement, je vous le dis,
C'est une innocente fillette,
Mon Olivette!...

LES CHOEURS.

C'est une innocente fillette,
Son Olivette!

MARVEJOL.

II

Mon Olivette
Vient de sortir de son couvent,
Elle ignore tout, la pauvrette,
De notre monde ne sachant
Que ce qu'en sait une nonnette!
Aussi je le dis hautement:
C'est une innocente fillette,
Mon Olivette.

LES CHOEURS.

C'est une innocente fillette,
Son Olivette!

REPRISE DU PREMIER MOTIF.

A l'aimable Olivette,
Monsieur le sénéchal,
Chacun de nous souhaite
Un bonheur sans égal;
Quant à vous, heureux père,
D'un trésor si charmant,
Nous tenions à vous faire
Tout notre compliment!

Les chœurs sortent après avoir salué Marvejol.

SCÈNE II

MARVEJOL, puis VALENTIN et OURIKA.

MARVEJOL, les accompagnant jusqu'au fond.

Allez, mes enfants... et à tout à l'heure, pour la cérémonie... je compte sur vous... (Redescendant.) Ce que c'est cependant que d'être aimé de ses administrés... Toute la population de Perpignan prend part à la joie de son sénéchal... Ce mariage met toute la ville sens dessus dessous... Et ça se comprend... mon futur gendre, M. de Mérimac n'est pas de la première jeunesse, mais c'est un excellent parti... Capitaine de vaisseau, riche, honoré...

Pendant ces quelques mots que Marvejol dit en descendant à l'avant-scène à droite, un jeune officier, Valentin, est entré vivement par la gauche et sans s'apercevoir de la présence du sénéchal, se dirige rapidement vers sa maison, il se trouve nez à nez avec Marvejol qui s'est retourné.

VALENTIN, à part.

Oh ! le père !... (Haut et vivement.) Pardon, monsieur, mille pardons... je cherche la rue des Acacias... — La deuxième à main gauche ?... — Très bien, je vous remercie...

Il sort vivement.

MARVEJOL, étonné.

Qu'est-ce que c'est que ce jeune homme ?... Voilà déjà plusieurs fois que je le rencontre dans les environs de ma demeure... Dites donc, monsieur !... Ah ! ouiche... il a disparu... (Consultant sa montre.) Diable ! c'est l'heure où le capitaine Mérimac doit arriver... j'ai promis d'aller au-devant de lui... Dépêchons-nous. (Il va pour sortir et revient.) Mais avant, un instant... (Appelant.) Ourika !... Ourika !...

OURIKA, sortant de la maison de droite.

Me voilà, maître...

MARVEJOL.

Ecoute... Je suis obligé de m'absenter pour aller à la rencontre de mon futur gendre... je te recommande de garder avec soin la maison et de veiller sur ma fille... Tu entends?...

OURIKA.

Oui, maître...

MARVEJOL, en s'en allant.

Là, maintenant, je suis tranquille...

Il sort.

SCÈNE III

OURIKA, OLIVETTE

A peine Marvejol a-t-il disparu, qu'on voit Olivette sortir de la maison sur la pointe du pied.

OLIVETTE, du seuil de la porte à Ourika.

Est-il parti?

OURIKA.

Oui...

OLIVETTE.

Enfin!...

Elle court vivement regarder à tous les coins de rues.

OURIKA.

Eh bien... eh bien... qu'est-ce que vous faites?

OLIVETTE, revenant.

Personne!... et pourtant il m'avait dit qu'il viendrait aujourd'hui...

OURIKA.

Qui cela?

OLIVETTE.

Mon amoureux...

OURIKA, *surprise.*

Votre amoureux !... Comment ! mademoiselle, vous sortez du couvent... vous allez vous marier... et vous avez un amoureux ?

OLIVETTE.

Un bien gentil garçon... un jeune officier... avec des petites moustaches...

OURIKA, *l'imitant.*

Avec des petites moustaches !... Ah ! mon Dieu, moi qui vous croyais si innocente...

OLIVETTE.

On peut être très innocente et avoir tout de même un petit amoureux...

OURIKA.

Mais où avez-vous connu ce jeune homme ?

OLIVETTE.

Au couvent...

OURIKA.

Est-il possible ?...

OLIVETTE.

Tu m'aimes, ma bonne Ourika, tu m'es dévouée, je peux bien te confier cela... Oui, ce jeune homme venait voir au couvent une parente qui était aussi mon amie, et que j'accompagnais souvent au parloir... D'abord ça a commencé par des regards que nous avons échangés... en dessous... comme ça...

OURIKA.

Oui, oui, je connais... j'ai passé par là...

OLIVETTE.

Et puis ensuite des petits billets qu'il me glissait dans la main... à la dérobée... et que je lisais en cachette... et puis, dame, tu comprends, on s'est donné des rendez-vous...

OURIKA.

Comment ! mademoiselle...

OLIVETTE.

Oh ! bien peu dangereux, va... La fenêtre de ma cellule donnait sur le jardin... Le soir, Valentin... il s'appelle Valentin... un joli nom, n'est-ce pas ? Valentin escaladait par-dessus le mur, puis en s'aidant des pieds et des mains, il grimpait jusqu'à ma fenêtre... Il est très agile... et là nous causions... dans l'ombre...

OURIKA.

Vous causiez... voilà tout ?

OLIVETTE, baissant les yeux.

Pas tout à fait...

COUPLETS.

I

Quand il s'était, avec adresse,
Hissé jusqu'aux barreaux de fer,
Nous nous disions notre tendresse,
Le temps passait comme un éclair.
Lors, par ces barreaux, avec peine,
Je glissais ma main comme ça,
Et lui, la pressait dans la sienne...
Mais il fallait en rester là !

Pour les jeunes filles,
Ah ! c'est étonnant,
Comme c'est gênant
Les grilles !...

II

La main, c'était bien quelque chose,
Mais il était plus exigeant,
Sans y songer alors je pose
Près des barreaux mon front brûlant...
Un baiser aussitôt l'effleure,
Un baiser gros comme cela...
Et puis, ainsi que tout à l'heure,
Il fallut bien en rester là !...

Pour les jeunes filles,
Ah ! c'est étonnant,
Comme c'est gênant
Les grilles !

OURIKA.

Je m'en aperçois... mais depuis huit jours que vous avez quitté le couvent, vous ne l'avez pas revu ce jeune homme?

OLIVETTE.

Si!...

OURIKA.

Ah!

OLIVETTE.

Il rôde souvent autour de la maison,.. Il voudrait bien pouvoir me parler... et moi aussi... j'ai tant de choses à lui dire... Ne faut-il pas qu'il apprenne qu'on va me marier... que tout est prêt pour la cérémonie...

OURIKA.

C'est vrai... le voile et le bouquet sont là... L'église est à deux pas, le chapelain est prévenu et votre futur va arriver...

OLIVETTE.

M. de Mérimac, un vieux balafré que je ne peux pas souffrir...

OURIKA.

Moi non plus... il est trop laid.

OLIVETTE.

Tandis que l'autre tu l'aimeras tout de suite...

OURIKA.

Je l'aime déjà...

Valentin qui a paru au fond, aperçoit Olivette et accourt vivement près d'elle.

SCÈNE IV

Les Mêmes, VALENTIN.

VALENTIN, courant à Olivette.

Olivette !... ma chère Olivette... enfin ! je vous revois...

OLIVETTE.

C'est lui !...

OURIKA, à part.

Il est très gentil !

OLIVETTE, à Ourika.

Fais le guet... et si tu aperçois mon père...

OURIKA.

Compris... (Sortant de son sein un collier auquel est attachée une petite statuette.) Je vais prier mon petit Manitou qu'on ne vous dérange pas.

Elle va au fond.

VALENTIN, étonné.

Son petit Manitou ?

OLIVETTE.

Un fétiche de son pays... mais nous n'avons pas un moment à perdre, mon cher Valentin... Si vous saviez ce qui arrive !

VALENTIN.

Quoi donc ?

OLIVETTE.

On veut me marier...

VALENTIN, vivement.

Refusez..

OLIVETTE.

C'est mon intention... Mais il faut que vous me disiez...

OURIKA, redescendant vivement.

Votre père !... voilà votre père !

OLIVETTE, à Valentin.

Séparons-nous... Partez vite... et revenez tout à l'heure, ici...

VALENTIN.

J'y serai !....

Il s'esquive par la droite au moment où Marvejol paraît au fond à gauche.

SCÈNE V

OLIVETTE, MARVEJOL, MÉRIMAC, OURIKA.

MARVEJOL.

Venez, venez, mon cher Mérimac... on vous attend...

MÉRIMAC, entrant.

Me voici...

Mérimac a l'uniforme de capitaine de vaisseau, une perruque ébouriffée, de gros sourcils noirs, la moustache et la barbiche grises et une balafre sur la figure, il tient à la main une valise et une canne. Il a l'accent marseillais.

MARVEJOL, à Olivette.

Ma fille, le capitaine Mérimac... (A Mérimac.) Posez votre valise...

MÉRIMAC, à Olivette.

Mademoiselle... (L'admirant.) Oh! oh ! encore embellie depuis mon dernier voyage... Une fraîcheur... un velouté...

MARVEJOL.

Et une excellente éducation... elle sort du couvent, capitaine... c'est un ange de douceur et d'obéissance... posez donc votre valise.

MÉRIMAC.

Oui... (Posant sa valise sur le banc qui est contre la maison.) J'ai là-dedans un uniforme neuf... un vêtement complet que je me suis fait confectionner pour la cérémonie... (A Olivette.) Je tiens, ma charmante fiancée, à briller à vos côtés... (A Marvejol.) Attendez, je m'en vais lui décocher un petit compliment que j'ai préparé...

A Olivette.

I

Vous serez la gente corvette
Pimpante, élancée et coquette,
Je serai le brick goudronné,
Bien astiqué, bien boulonné!
Tous les deux, partant en voyage
Sur l'océan du mariage,
(L'Amour tenant les avirons)
De conserv' nous naviguerons!

Imitant le balancement d'un navire.

Et de la Chine jusqu'à Cette,
On s'écriera dans le public :
Voyez, c'est la joli' corvette
Qui voyage avec le beau brick.

ENSEMBLE.

Tous les quatre imitant le balancement d'un navire.

MÉRIMAC et MARVEJOL.

Et de la Chine jusqu'à Cette,
On s'écriera dans le public :
Voyez, c'est la joli' corvette
Qui voyage avec le beau brick!

OLIVETTE et OURIKA.

Et de la Chine jusqu' à Cette,
On s'écriera dans le public :
Voyez, cette joli' corvette
Voyage avec un vilain brick!

MÉRIMAC, à Olivette.

II

Naviguer seuls, ce s'rait dommage!
Pour égayer ce long voyage,
Près de vous vous verrez bientôt
Une chaloupe, un p'tit canot...
Puis trois, puis quatre... une flottille

Voguant autour de votre quille,
Comme font, timides tritons,
Autour d'un' can' ses canetons!

(Parlé à Marvejol.) Est-ce assez bien tourné?...

Imitant le balancement d'un navire.

Et de la Chine jusqu'à Cette,
On s'écriera dans le public :
Voyez, c'est la joli' corvette
Qui voyage avec le beau brick!

ENSEMBLE.

MÉRIMAC et MARVEJOL.

Et de la Chine jusqu'à Cette,
On s'écriera dans le public :
Voyez, c'est la joli' corvette
Qui voyage avec le beau brick!

OLIVETTE et OURIKA.

Et de la Chine jusqu'à Cette,
On s'écriera dans le public :
Voyez, cette joli' corvette
Voyage avec un vilain brick!

OLIVETTE.

C'est très bien... mais je suis bien fâchée que vous ayez fait de la dépense pour cet uniforme neuf... c'était tout à fait inutile...

MÉRIMAC.

Comment?

MARVEJOL.

Qu'est-ce que tu dis?...

OLIVETTE, avec résolution.

Je dis que M. de Mérimac me paraît beaucoup trop mûr pour moi...

MÉRIMAC.

Mûr... permettez... je suis dans la fleur de l'âge...

OLIVETTE, le regardant.

Je dis qu'il est loin d'être joli...

MÉRIMAC.

A cause de cette balafre?...

MARVEJOL.

Souvenir glorieux de quelque combat...

MÉRIMAC.

Non, je me la suis faite en tombant sur le pont, un jour de roulis...

OLIVETTE, *achevant.*

Je dis enfin, qu'il ne me plaît pas du tout, du tout... et que jamais de la vie je ne me marierai avec lui...

OURIKA, *à part.*

Bon! ça y est!

MÉRIMAC.

Hein?

MARVEJOL, *furieux.*

Voilà du nouveau par exemple... Comment, mademoiselle!...

MÉRIMAC.

Contenez-vous, Marvejol...

MARJEVOL.

On ne se moquera pas ainsi de mon autorité paternelle... j'ai décidé que ce mariage se ferait....

OLIVETTE, *très résolûment.*

Et moi, papa, j'ai décidé qu'il ne se ferait pas... par conséquent, mon cher monsieur de Mérimac, vous pouvez reprendre votre valise et votre uniforme neuf, retourner à votre navire et aller faire un petit tour en Chine ou au Japon... Quant à moi, j'ai bien l'honneur de vous souhaiter le bonjour... Viens, Ourika...

Elle rentre dans la maison suivie d'Ourika.

SCÈNE VI

MARVEJOL, MÉRIMAC, puis LARTIMON.

MÉRIMAC, abasourdi.

Voilà ce que vous appelez un ange de douceur et d'obéissance ?...

MARVEJOL.

Je n'y comprends rien... Si c'est comme ça qu'on les élève au couvent !... Oh ! mais, soyez tranquille, ça ne se passera pas ainsi... j'imposerai ma volonté et il faudra bien qu'elle cède...

MÉRIMAC.

Ça me paraît fort douteux... avec une petite tête comme celle-là !...

MARVEJOL.

Comment !... alors, vous renoncez donc ?...

MÉRIMAC.

A l'épouser... du tout... le mariage se fera... mon bon... car j'ai pour cela un moyen sûr.

MARVEJOL.

Ah bah !

MÉRIMAC.

Oui, grâce à une aventure qui vient de m'arriver... Il y a quelques jours, je me promenais tranquillement sur le pont de mon navire... Tout à coup, j'aperçois de loin sur les falaises un petit bonhomme qui fuyait à toutes jambes et après lequel d'autres individus couraient en criant...

MARVEJOL.

Un voleur, sans doute ?...

MÉRIMAC.

Vous allez voir... Arrivé sur le bord de la falaise, cet homme se jette à la mer...

MARVEJOL.

Ah! mon Dieu!

MÉRIMAC.

Je le vois tomber... Alors, je ne fais ni une ni deux, v'lan! je me lance dans les flots et je le ramène sur le rivage...

MARVEJOL.

Quel beau trait! sauver son semblable!...

MÉRIMAC.

Non, mon ami, cet homme était un singe!..

MARVEJOL, très surpris.

Un singe!

MÉRIMAC.

Le chimpanzé de votre souveraine, la comtesse de Roussillon...

MARVEJOL.

Quoi! cet animal dont on dit qu'elle raffole...

MÉRIMAC.

Précisément... il s'était enfui du palais et les domestiques avaient couru après lui... je le remets entre leurs mains et dès le lendemain, je reçois un petit billet charmant de la comtesse de Roussillon qui me dit : « Merci, capitaine, en » échange du service que vous m'avez rendu, demandez- » moi tout ce que vous voudrez, je vous l'accorde d'avance. »

MARVEJOL.

Bon!

MÉRIMAC.

Vous comprenez que je suis fort maintenant... et si la comtesse de Roussillon, par exemple, ordonne mon mariage avec votre fille, je ne vois pas trop comment elle pourrait désobéir...

MARVEJOL.

C'est vrai!...

MÉRIMAC.

Et elle l'ordonnera... je ne vous dis que ça, mon bon...

MARVEJOL.

Oui, oui, je comprends...

MÉRIMAC.

Par conséquent, laissez-moi faire, rentrez chez vous et ne soufflez mot de tout ça à Olivette... moi, je vais me rendre au palais de la comtesse... A tout à l'heure... beau-père...

MARVEJOL.

A tout à l'heure, mon gendre. (En rentrant chez lui.) Ah! ah! mademoiselle ma fille, nous aurons raison de votre mauvaise tête... l'autorité paternelle triomphera, grâce à un singe!... C'est merveilleux!...

Il rentre chez lui.

MÉRIMAC, seul.

Voyons, ne perdons pas de temps... le palais, c'est par là... (Il va pour sortir et revient.) Ah! ma valise!...

Il va pour la prendre.

LARTIMON, entrant vivement.

Ah! capitaine... je vous cherchais...

MÉRIMAC, s'arrêtant.

Pourquoi?

LARTIMON.

Voici un pli à votre adresse qu'on vient d'apporter... très pressé...

Il lui remet une grande lettre.

MÉRIMAC, regardant.

Du commandant maritime... voyons... (Il l'ouvre et lit.) « Ordre de se rendre immédiatement à bord, d'appareiller » sur-le-champ et de cingler sur le Cap Vert. » (Furieux.) Allons bon!... une traversée de trois mois... et il faut partir tout de suite...

LARTIMON.

Partir... Ah! tonnerre! quelle chance!...

MÉRIMAC.

Imbécile!... (*A lui-même.*) Mais je ne m'en irai pas sans prendre mes précautions... (*Au marin.*) Toi, retourne au navire au galop et avertis l'équipage qu'avant une heure je serai à bord... (*Prenant sa valise à la main et se dirigeant vers l'auberge de droite.*) Une lettre à la comtesse... oui... c'est le seul moyen... mais, ventre d'une baleine, coquin de bonsoir! on n'a pas d'idée d'un pareil contre-temps... que le diable emporte le Cap Vert et celui qui l'a inventé!...

Il entre à gauche dans l'auberge.

LARTIMON.

Tiens, tiens, c'est drôle... le capitaine... il a l'air furieusement en colère... (*Bruit et acclamations au dehors.*) Qu'est-ce que c'est que ça?... (*Une foule d'hommes et de femmes se précipitent en scène en criant et agitant leurs chapeaux.*) Quelle foule!...

Il s'esquive aussitôt que les chœurs sont entrés.

SCÈNE VII

PEUPLE, MARVEJOL, OLIVETTE, OURIKA,
puis LA COMTESSE DE ROUSSILLON, LONFUSEAU,
et SUITE DE LA COMTESSE, puis LE DUC DES IFS.

LE PEUPLE.

Vive, vive la comtesse,
La comtesse de Roussillon!
Que nos cris, nos chants d'allégresse
Aux oreilles de Son Altesse,
Sonnent un joyeux carillon!
Vive, vive la comtesse,
La comtesse de Roussillon!

Pendant ce chœur, la comtesse de Roussillon est entrée par le fond, suivie de Lonfuseau, de quelques dames d'honneur et de plusieurs officiers; Marvejol, Olivette et Ourika sont sortis de la maison de droite.

LA COMTESSE.

De cet accueil flatteur
Je suis touchée au fond du cœur.
Pays du gai soleil,
Aimable et sans pareil,
Ici, douce patrie,
J'aime à passer ma vie,
Et point je ne voudrais
Pour une autre jamais
Echanger la couronne
Que le destin me donne!
Mes sujets, braves gens,
Ne sont point exigeants,
Et m'aimer est pour eux
Le plus cher de leurs vœux!
Aussi tout à loisir,
En me laissant chérir,
Mon devoir est ici
De les aimer aussi!
O pays des aubades
Et des folles œillades,
Où des cieux l'ardeur
A son reflet au cœur,
Où l'on plaît, où l'on aime,
Où, comme en un poème,
Les jours rapidement
Vont s'écoulant
Gaiement!
Ah!

Pays du gai soleil,
Etc., etc.

Lonfuseau fait signe au peuple de s'éloigner. Il se retire sur la reprise du premier ensemble.

MARVEJOL, s'inclinant devant la comtesse.

Altesse!...

LA COMTESSE.

Bonjour, mon cher sénéchal... Je viens de faire un petit pèlerinage à la chapelle voisine... Il fait une chaleur accablante... Je suis lasse... et je n'ai pas voulu passer devant votre demeure sans m'arrêter un instant chez vous...

MARVEJOL.

Votre Altesse est trop bonne... C'est un honneur pour moi... un honneur inespéré.

LA COMTESSE.

Bien, bien, sénéchal... (Regardant autour d'elle.) Mais où donc est mon beau cousin, le duc des Ifs?... Il me semble qu'il nous avait accompagnés...

LONFUSEAU.

En effet, il était avec nous... je ne m'explique pas... Eh! tenez, voilà monseigneur.

DES IFS, entrant vivement.

Me voilà, chère Batilde, me voilà... Je vous demande mille pardons... une affaire d'Etat... Je causais avec le capitaine des hallebardiers... (Bas à Lonfuseau.) une petite paysanne que j'ai rencontrée... (A Batilde, étourdiment.) Un ange, un bijou!...

LA COMTESSE, étonnée.

Comment, un bijou... le capitaine des hallebardiers?

DES IFS, vivement.

Non... non... Qu'est-ce que je dis? un lapsus... Quand je vous vois, je suis si ému que la tête... (Apercevant Olivette et la orgnant.) Oh! adorable, cette petite!...

MARVEJOL.

C'est ma fille...

LA COMTESSE.

Ah! vraiment... (A Olivette.) Approchez, mon enfant... (A Marvejol.) Mon compliment, sénéchal, elle est charmante...

OLIVETTE, s'inclinant.

Altesse!...

DES IFS, lorgnant Olivette.

Ravissante... (A Lonfuseau, bas.) Ce serait une jolie conquête à faire...

LONFUSEAU, bas.

Encore une!

MARVEJOL, à la comtesse.

Nous allons préparer pour Votre Altesse la plus belle chambre de ma maison... (Montrant le balcon de droite.) celle de ma fille...

OLIVETTE.

Et Votre Altesse pourra s'y reposer tout à son aise...

MARVEJOL.

Viens, Olivette...

Marvejol et Olivette entrent à droite.

DES IFS, suivant Olivette des yeux et la lorgnant.

Délicieuse... un ange... un bijou...

LA COMTESSE.

Eh là!... beau cousin, il me semble que vous avez regardé cette enfant d'une singulière façon...

DES IFS.

Moi, ma chère cousine, du tout... Est-ce que je puis, quand vous êtes là, regarder une autre femme que vous? Est-ce que je ne vous aime pas à la folie?...

LA COMTESSE.

Vous le dites... mais je n'en crois rien...

DES IFS.

Vous êtes méchante pour moi, Batilde... il me semble que puisque j'aspire à votre main...

LA COMTESSE.

Oui, oui, je sais qu'avant un mois, il faut que j'aie fait choix d'un époux... vous vous êtes mis sur les rangs... c'est très bien... mais si vous croyez devenir mon mari, vous vous trompez... n'y comptez pas, mon beau cousin...

DES IFS.

Et pourquoi?

LA COMTESSE.

Pourquoi?... Je vous l'ai déjà dit : parce que vous n'êtes pas sérieux.

COUPLETS.

I

Vous êtes, dit-on,
Un gai compagnon,
Un convive aimable;
Et, dans un festin,
Le verre à la main,
Vous régnez à table!
L'on ajoute encor
Que, prodiguant l'or
En folles dépenses,
Au jeu vous perdez
Sur un coup de dés
Des sommes immenses!...
Tout ce que l'on dit
Bien peu me séduit;
Et, vrai, je préfère;
Qu'une autre que moi
Vous donne sa foi,
Si ça peut lui plaire!

II

On ajoute aussi,
C'est grave ceci,
Cher duc, que vous êtes
Un petit coureur,
Un galant faiseur
De tendres conquêtes!
Fier de vos nombreux
Exploits amoureux,
Près de chaque femme
Votre cœur ardent
Instantanément
S'émeut et s'enflamme!
Tout ce que l'on dit
Bien peu me séduit;
Et, vrai, je préfère;
Qu'une autre que moi
Vous donne sa foi,
Si ça peut lui plaire!

DES IFS.

Pures calomnies que tout cela... on m'a noirci à vos yeux... vous reviendrez de vos préventions...

LA COMTESSE.

Jamais!

OLIVETTE, reparaissant sur le seuil de la porte, suivie d'Ourika.

Si Votre Altesse veut se donner la peine d'entrer... tout est disposé pour la recevoir...

LA COMTESSE.

Bien... (A Marvejol.) Votre main, sénéchal...

MARVEJOL, présentant le poing.

Altesse!... vraiment... c'est trop d'honneur...

LA COMTESSE, se retournant, à des Ifs.

Jamais! entendez-vous...

Elle entre à droite.

DES IFS.

Je vous aime tant!... (Admirant Olivette au moment où elle entre à son tour dans la maison.) C'est qu'elle est délirante, cette petite... positivement délirante... (Il se trouve en face d'Ourika qui entre la dernière, reculant vivement.) Oh! non, pas celle-là... Je n'aime pas cette nuance!...

Ourika entre à la suite d'Olivette.

SCÈNE VIII

LE DUC DES IFS, LONFUSEAU.

LONFUSEAU, à part.

Plus de femme, je vais pouvoir lui parler raison. (Haut.) Pardon, monseigneur, un mot...

DES IFS.

Quoi?... Qu'est-ce qu'il y a, Lonfuseau?

LONFUSEAU.

Il y a, monseigneur, que je ne peux plus venir à bout de vos créanciers... ils crient... ils réclament de l'argent...

DES IFS.

Eh bien! tu es mon intendant... tu as les clés de la caisse... donne-leur-en...

LONFUSEAU.

La caisse... il n'y a plus rien dedans...

DES IFS.

Rien du tout?

LONFUSEAU.

Pas une pistole... le jeu a englouti une partie de nos écus et le reste a été croqué par vos maîtresses...

DES IFS, *regardant la gauche.*

Tais-toi!... L'amour!... je suis organisé pour ça... J'ai une organisation étonnante... On parle beaucoup des papillons... Qu'est-ce qu'un papillon à côté de moi?... Un insecte! Par exemple, ça coûte cher de papillonner, et je comptais pour me refaire sur mon mariage avec la comtesse... Mais tu as entendu ce qu'elle vient de me dire...

LONFUSEAU.

Oui... elle vous refuse... net...

DES IFS.

C'est bizarre...

LONFUSEAU.

Non, c'est logique...

DES IFS.

Je te dis que c'est bizarre... et je ne serais pas étonné que ma belle cousine eût un amour caché... certains indices, certains regards que j'ai surpris, me feraient presque supposer qu'elle aime en secret un jeune officier de ses gardes...

LONFUSEAU.

Pas possible... vous croiriez...?

DES IFS.

Je ne crois rien... c'est une idée vague... ce qui me vexe surtout, c'est que je suis l'héritier du comté de Roussillon et que si mon aimable cousine n'était pas au pouvoir, c'est moi qui y serais...

LONFUSEAU.

Oui... et décemment vous ne pouvez pas lui dire : ôte-toi de là que je m'y mette...

DES IFS.

Elle ne voudrait pas... mais je peux me passer de son consentement... C'est mon rêve... j'ai déjà ourdi seize conspirations dans ce but, je suis organisé pour les conspirations... j'ai une organisation étonnante... seulement elles ont toutes raté...

LONFUSEAU.

Toutes!... Les conjurés ont été pincés et envoyés dans les mines de schiste...

DES IFS.

Quant à moi, comme je m'étais prudemment tenu à l'écart en poussant les autres en avant, je n'ai jamais été inquiété...

LONFUSEAU.

Vous êtes un malin...

DES IFS.

Mon cher, en amour comme en politique, le tout est de savoir disparaître à propos.

I

Lorsque d'une femme on se lasse,
Quand on lui dit : séparons-nous!
Elle s'emporte et crie et casse,
Elle fait les cent dix-neuf coups!
L'orage gronde... en homme habile
On fait le plongeon subito...
Puis, quand c'est passé, bien tranquille
On reparaît sur l'eau!

II

De même, quand on se prépare
A renverser l' gouvernement,
Si la chose rate, alors gare!...
Pif! paf! les coups pleuvent drûment!

L'orage gronde... en homme habile
On fait le plongeon subito...
Puis, quand c'est passé, bien tranquille
On reparaît sur l'eau!

C'est simple comme bonjour... je te dis que j'ai une organisation étonnante...

LONFUSEAU.

C'est vrai... (Vivement.) Ah! une idée...

DES IFS.

Voyons...

LONFUSEAU.

Si vous entamiez une dix-septième conspiration?

DES IFS.

Oui... j'abonde dans ton sens... Il faut nous y mettre tout de suite...

LONFUSEAU.

Recruter des mécontents...

DES IFS.

Remuer les masses... et agir vigoureusement... Je n'aime pas les choses qui traînent...

LONFUSEAU.

Bon!... seulement il nous manque...

DES IFS.

Quoi?

LONFUSEAU.

Le nerf de la guerre...

DES IFS.

De l'argent... aïe!

LONFUSEAU.

Je connais à deux pas d'ici, un vieil usurier qui vous en prêtera...

DES IFS.

Allons le trouver...

LONFUSEAU.

Allons-y!

DES IFS.

Cette fois, il faut que ça réussisse!

LONFUSEAU.

Il le faut absolument!

DES IFS.

Viens!... (En sortant à droite.) J'ai une organisation étonnante!... étonnante!...

LONFUSEAU, le suivant.

Enfin, il va donc pouvoir me payer mes gages!

Il sort à la suite du duc.

SCÈNE IX

VALENTIN.

A peine sont-ils sortis, qu'on voit reparaître Valentin qui s'avance avec précaution.

VALENTIN.

Plus personne!... J'ai cru qu'ils ne s'en iraient pas... Revenez tout à l'heure m'a dit Olivette... Pourvu qu'elle ait refusé ce mariage... je suis d'une inquiétude...

COUPLETS.

I

Ce doux
Et charmant rendez-vous,
Loin des regards jaloux,
Vient me combler d'ivresse.
Je veux,
Mes yeux dans ses grands yeux,
Dire de ma tendresse
Et l'espoir et les vœux,

2

Et ma voix discrète,
Si bas parlera,
Que seule Olivette
L'entendra!

II

Eh bien!
Moi qui n'ai peur de rien,
Je tressaille ; d'où vient
Que mon cœur bat si vite?
L'amour
Qui me trouble en ce jour,
Peut, la pauvre petite,
L'effrayer à son tour;
Mais ma voix discrète,
Qui lui dira :
Je t'aime, Olivette,
La calmera!

Elle ne vient pas... Peut-être l'a-t-on enfermée dans sa chambre! (Montrant la fenêtre qui donne sur le balcon.) Sa chambre... c'est là... Si je pouvais voir!... Il faudrait escalader le balcon... j'ai fait plus difficile que cela, là-bas, au couvent... (Regardant autour de lui.) Personne absolument... Je suis seul. Allons!... (Il pose un pied dans un interstice du mur, de la main, il saisit les barreaux du balcon sur lequel il arrive.) J'y suis... voyons si elle est là... (Il regarde à travers les rideaux de la fenêtre.) Oui... je distingue la silhouette d'une femme qui me tourne le dos... C'est elle... (Poussant un peu la fenêtre.) Et cette fenêtre n'est pas fermée... Je puis, si je veux... mais faut-il? Comment Valentin, tu hésites?... Toi, un soldat! Allons donc!

Il pousse doucement la fenêtre et pénètre dans la chambre au moment où le duc des Ifs rentre par le fond.

SCÈNE X

DES IFS, puis VALENTIN, puis MARVEJOL, OLIVETTE, OURIKA, Les Seigneurs et Les Dames de la suite de la Comtesse, Officiers et Valets.

DES IFS, revenant et frappant la poche de son gousset qui sonne l'or.

L'affaire est arrangée... Je suis en fonds... (On entend le bruit d'un baiser dans la chambre de gauche.) Hein! (Immédiatement après un grand cri.) Oh! oh! Que se passe-t-il donc?

Valentin reparaît sur le balcon, effaré, sans chapeau, il redescend vivement.

VALENTIN.

C'était la comtesse!... et j'ai osé l'embrasser.

DES IFS.

Un homme!... Valentin!...

VALENTIN, mettant pied à terre.

Je suis perdu!...

Il va pour se sauver par le fond, mais il se trouve en face du duc des Ifs qui lui barre le passage.

DES IFS.

Halte-là! mon officier!

Au même instant Marvejol, Olivette, Ourika, les seigneurs et dames, les officiers et les valets sortent en tumulte de la maison de Marvejol.

CHOEUR.

Ah! quel forfait épouvantable!
Un téméraire, un misérable,
Vient d'insulter dans ma / sa maison
La comtesse de Roussillon.

MARVEJOL.

Crime de lèse-majesté!...
On le pendra, la chose est sûre...

DES IFS, montrant Valentin.

Calmez-vous... il est arrêté!...

OLIVETTE, atterée.

Valentin!

VALENTIN.

Maudite aventure!...

ENSEMBLE.

CHOEUR.

Vite, vite en prison!
Cet audacieux mérite
Une sévère leçon,
Il faut le jeter de suite
En prison!

VALENTIN.

Permettez...

MARVEJOL.

Avez-vous ou non
Pénétré dans cette maison?

VALENTIN.

Je voulais...

MARVEJOL.

Moi, je réponds oui,
Car je viens d'y trouver ceci...

Il montre le chapeau de Valentin.

VALENTIN.

Permettez...

DES IFS.

Avez-vous ou non,
Escaladé par ce balcon?

VALENTIN.

Un seul mot...

DES IFS.

Moi, je réponds oui,
Car vous en descendiez ici!

VALENTIN.

Permettez...

MARVEJOL.

Avez-vous ou non,
Embrassé sur sa noble épaule
La comtesse de Roussillon?

VALENTIN.

Eh bien! oui, oui, oui, oui!

DES IFS.

Le drôle!

VALENTIN.

Mais c'était parce que...

Jetant un regard sur Olivette qui tressaille. — A part.

Non, non!
La pauvre enfant! devant son père,
Aux yeux de cette ville entière,
Ce serait la perdre... Oh! non! non!

MARVEJOL.

Parlez, c'était?

DES IFS.

C'était?

LES CHOEURS.

C'était?

VALENTIN.

C'était un moment de folie!

MARVEJOL, riant, à des Ifs.

Ah! ah! vraiment c'est parfait!

DES IFS, riant, à Marvejol.

Ah! ah! l'excuse est jolie!...

OLIVETTE, qui s'est approchée de Valentin.

Eh bien! moi je dirai...

VALENTIN, vivement.

Silence!

Je refuse en homme de cœur
De vous devoir ma délivrance
Au prix de votre déshonneur!

MARVEJOL, à Valentin.

N'avez-vous rien de mieux à dire?

VALENTIN.

Non!

DES IFS.

Bon!
Alors nous allons vous conduire
En prison.

ENSEMBLE.

MARVEJOL, DES IFS
LES CHŒURS.

Vite, vite en prison,
Cet audacieux mérite
Une sévère leçon!
Il faut le jeter de suite
En prison!

VALENTIN.

Eh bien, soit donc en prison,
Car jamais de ma conduite
On ne saura la raison!
Je préfère aller de suite
En prison!

OLIVETTE et OURIKA.

Eh quoi! partir en prison!
Quand il peut de sa conduite
Donner ici la raison!
Il préfère aller de suite
En prison.

Marvejol et des Ifs entraînent Valentin par la gauche. — Ils sont suivis par les chœurs.

SCÈNE XI

OLIVETTE, puis MÉRIMAC.

OLIVETTE, regardant à gauche.

Les voilà arrivés devant ce vieux corps de garde qui sert de prison... On l'enferme... pauvre garçon!...

Elle continue de regarder.

MÉRIMAC, sortant de l'auberge de droite suivi de l'aubergiste auquel il remet une lettre.

Vous m'entendez... vous ferez porter cette lettre au palais de la comtesse de Roussillon.

L'AUBERGISTE, prenant la lettre.

Soyez tranquille...

MÉRIMAC.

Vite à mon navire... (Il se dirige vers la droite et aperçoit Olivette qui redescend tristement. — Il s'approche d'elle.) Ah! mademoiselle... j'allais avertir votre père que je suis forcé de reprendre la mer...

OLIVETTE, avec un geste de joie.

Vraiment!

MÉRIMAC.

Oh! ne vous réjouissez pas si vite... Au lieu de nous marier aujourd'hui, nous nous marierons à notre retour, voilà tout... Je suis sûr maintenant de votre consentement.

OLIVETTE.

Je ne crois pas... et je veux être franche avec vous, monsieur de Mérimac... j'en aime un autre.

MÉRIMAC.

Allons donc... pas possible...

OLIVETTE.

Un jeune officier des gardes de la comtesse de Roussillon, M. Valentin.

MÉRIMAC.

Valentin! mon neveu?

OLIVETTE.

Votre neveu! Quoi! Valentin est votre neveu?

MÉRIMAC.

Oui!... un scélérat de neveu avec lequel je suis brouillé depuis longtemps... Ce brigand-là m'a joué un tas de tours pendables... et c'est encore lui qui vient se fourrer entre vous et moi... m'enlever votre cœur!

OLIVETTE, vivement.

Ce n'est pas sa faute... c'est la mienne... il est si gentil...

MÉRIMAC.

Et c'est à moi que vous venez dire cela?

OLIVETTE.

A qui voulez-vous que je le dise? Ne vaut-il pas mieux que vous sachiez tout... avant?

MÉRIMAC, faisant la grimace.

Avec cela que c'est agréable! Ah! le drôle!...

OLIVETTE.

Je vous en prie, ne vous emportez pas... si vous saviez ce qu'il lui arrive, à ce pauvre jeune homme.

MÉRIMAC.

Quoi donc?

OLIVETTE.

On vient de le jeter en prison.

MÉRIMAC.

En prison... Qu'a-t-il donc fait?

OLIVETTE.

Un crime!... Il a manqué de respect à la comtesse de Roussillon... il a osé l'embrasser.

MÉRIMAC.

Ah! bah!...

OLIVETTE, vivement.

Par erreur... Il croyait que c'était moi.

MÉRIMAC, faisant la grimace.

Eh bien!... j'en avale des couleuvres!... C'est du joli... ayez donc de la famille! ayez donc des neveux... Serpent, va!

VALENTIN, paraissant au fond.

Olivette!

SCÈNE XII

LES MÊMES, VALENTIN.

Valentin entre en courant, par le fond, à gauche, effaré et essoufflé.

OLIVETTE, l'apercevant.

C'est lui!...

MÉRIMAC, se retournant.

Lui?...

VALENTIN, courant à Olivette.

Je me suis échappé de ma prison, au risque de me rompre le cou... Mais toutes les rues sont gardées... impossible de fuir...

MÉRIMAC, avec éclat.

Très bien... parfait!...

VALENTIN, se retournant.

Mon oncle!... vous ici!... (Avec force.) Ah! c'est le ciel qui vous envoie.

MÉRIMAC.

Qu'est-ce qu'il dit?

VALENTIN.

Olivette... remerciez la Providence... (Montrant Mérimac.) Voilà le salut!...

MÉRIMAC.

Moi?... Ah çà! tu perds la tête!...

VALENTIN.

Du tout... Je connais la promesse que la comtesse de

Roussillon vous a faite... Vous n'avez qu'à lui demander ma grâce... Elle ne pourra pas vous la refuser...

OLIVETTE, vivement.

C'est vrai...

MÉRIMAC.

C'est vrai... Et vous croyez que je vais niaisement employer mon crédit pour me donner des verges à moi-même... Mais tu ignores donc que cette jeune fille que tu aimes, j'allais l'épouser...

VALENTIN.

Vous?... C'était vous?...

MÉRIMAC.

En personne... par conséquent, si tu as fait des bêtises, tire-toi de là comme tu pourras... Quant à mon crédit, mes bons amis, je le réserve pour moi-même et vous saurez bientôt quel usage j'en ai fait...

VALENTIN.

Que voulez-vous dire?

OLIVETTE.

Expliquez-vous!

MÉRIMAC.

Je ne vous dis que ça, et vous verrez que je ne suis pas tout à fait un esturgeon... sur ce que je vais m'embarquer bien tranquille... je mets aujourd'hui même à la voile pour un voyage de trois mois... Bien le bonsoir.

VALENTIN.

Mon oncle!

OLIVETTE.

Monsieur!

MÉRIMAC.

Bonne chance et au revoir!...

Il sort à gauche.

SCÈNE XIII

VALENTIN, OLIVETTE, puis UNE SERVANTE d'auberge.

VALENTIN.

Intraitable! le vieux corsaire... il lui était si facile de me tirer de ce mauvais pas.

OLIVETTE.

Que faire maintenant?

VALENTIN.

Ah! je n'en sais rien!...

UNE SERVANTE, sortant de l'auberge la valise de Mérimac à la main. — Parlant à la cantonade.

Oui, patron, je vais courir après ce vieux capitaine et lui remettre sa valise... si je peux le rattraper.

OLIVETTE, frappée d'une idée.

Sa valise... qui contient un uniforme complet!

LA SERVANTE, chargeant la valise sur son épaule.

C'est lourd...

OLIVETTE.

Et il est parti pour trois mois... (A Valentin.) Valentin, vous êtes sauvé!...

VALENTIN.

Que dites-vous?

OLIVETTE.

Vous aurez votre grâce...

VALENTIN.

Qui la demandera?

OLIVETTE.

Vous!...

VALENTIN, *étonné.*

Moi!...

OLIVETTE.

Ecoutez!...

Elle lui dit quelques mots à l'oreille.

LA SERVANTE, *au fond à gauche.*

De quel côté est-il passé?... Je ne le vois pas... ma foi, au petit bonheur.

VALENTIN, *à Olivette.*

Oui, le costume, très bien... mais la tête?...

OLIVETTE.

Puisque l'aubergiste est perruquier...

VALENTIN.

C'est vrai... (*Courant après la servante qui s'éloigne avec la malle.*) Hé! la fille!

LA SERVANTE, *s'arrêtant.*

Monsieur...

VALENTIN.

Tends ta main... (*Fouillant dans sa poche en lui mettant une poignée d'or dans la main.*) Voilà pour toi...

LA SERVANTE, *éblouie.*

De l'or!...

VALENTIN.

Et je te promets cinquante pistoles si tu consens à faire ce que je te demanderai...

LA SERVANTE.

Cinquante pistoles... une dot!... pour ce prix-là, tout ce que vous voudrez, monsieur...

VALENTIN, *vivement.*

Alors, viens!...

Il l'entraîne. — Ils entrent ensemble dans l'auberge à gauche.

SCÈNE XIV

OLIVETTE, puis LA COMTESSE, DES IFS, MARVEJOL, OURIKA, TOUTE LA SUITE et LES CHOEURS.

OLIVETTE.

Le moyen est hardi... mais quand on n'a pas le choix...

Elle remonte un peu. — Des Ifs rentre avec Marvejol et la suite de la comtesse.

CHOEUR.

Voici l'heure, qu'on s'empresse,
Venons tous, zélés sujets,
Saluer notre comtesse
Qui rentre dans son palais!

DES IFS.

Il se fait tard... c'est l'heure de retourner au palais. (Ouvrant la porte de droite.) Comtesse!

LA COMTESSE, entrant.

Nous partons, je suis prête... (Allant à Marvejol.) Eh! bien, sénéchal, cet homme a-t-il été retrouvé?...

MARVEJOL.

Oui... Altesse... nous le tenons... il est sous les verrous...

LA COMTESSE.

Un pareil affront, à moi! Oh! cela mérite un châtiment exemplaire... J'entends que le coupable soit puni avec toute la rigueur des lois.

DES IFS.

Soyez tranquille, cousine... il le sera...

LA COMTESSE.

Et quel est ce téméraire?... Quelque manant, sans doute?...

DES IFS.

Pas précisément... (A part.) Observons l'effet... (Avec intention.) Un officier de vos gardes...

LA COMTESSE, très surprise.

Un officier de mes gardes?...

DES IFS, de même.

Le jeune Valentin...

LA COMTESSE, tressaillant.

Valentin...

DES IFS, à part.

L'effet est produit!...

LA COMTESSE, à part.

Lui!...

DES IFS, la regardant.

Elle est embarrassée, la chère cousine...

LA COMTESSE, à Marvejol.

Et quelle raison donne-t-il?

MARVEJOL.

Oh! absurde... Un moment de folie.

LA COMTESSE.

De folie... Mais en effet cela ne peut s'expliquer que de cette manière... une minute d'erreur, d'oubli... Eh! mon Dieu! en y songeant il n'y a peut-être pas là un si grand crime!... Je crois que c'est fort pardonnable et que je puis me montrer clémente...

DES IFS, à part.

Vraiment! (Haut.) Vous n'y songez pas, ma cousine... Ne disiez-vous pas tout à l'heure, que le coupable méritait un châtiment exemplaire...

LA COMTESSE.

Ai-je dit cela?...

DES IFS.

Sans doute... et vous aviez parfaitement raison... Montrer de la faiblesse dans une pareille circonstance, ce serait du plus déplorable effet... N'est-ce pas, sénéchal?

MARVEJOL.

C'est mon avis...

DES IFS, à la comtesse.

Vous voyez...

LA COMTESSE, avec colère.

C'est bien... n'en parlons plus... rentrons au palais..., messieurs.

DES IFS, à part.

Elle est furieuse!... (Haut, offrant son bras.) Voulez-vous me permettre...

Il lui offre son bras qu'elle prend, et ils font quelques pas vers le fond.

L'AUBERGISTE, qui est sorti de chez lui, la lettre de Mérimac à la main, courant à la comtesse.

Pardon, Altesse!

LA COMTESSE, s'arrêtant.

Que me voulez-vous?

L'AUBERGISTE.

C'est une lettre que M. de Mérimac m'avait chargé de porter au palais...

OLIVETTE, à part, inquiète.

Une lettre...

LA COMTESSE, prenant la lettre.

Le capitaine de Mérimac... Ah! voyons. (Elle l'ouvre, la lit, puis jetant un coup d'œil sur Olivette.) Pauvre petite! c'est dommage!... mais, ma parole est engagée...

LA SERVANTE, accourant du fond.

Altesse...

LA COMTESSE.

Qu'est-ce encore?

LA SERVANTE.

Pardon, Altesse, c'est M. le capitaine de Mérimac qui désirerait vous parler...

LA COMTESSE, très étonnée.

Comment!... Il m'écrit et maintenant il se présente... Je ne comprends pas... Mais qu'il vienne! qu'il vienne!

SCÈNE XV

LES MÊMES, VALENTIN, sous l'uniforme de son oncle.

FINALE.

Valentin est entré revêtu d'un uniforme identiquement pareil à celui que portait son oncle aux scènes précédentes, même perruque ébouriffée, mêmes gros sourcils noirs, même moustache, même barbiche et même balafre. Il imite l'accent marseillais et la tournure de Mérimac.

LA COMTESSE.

Approchez, mon cher capitaine,
Je comprends ce qui vous amène,
Mais parlez, cependant...

VALENTIN.

Je viens
Pour rappeler à Votre Altesse
Qu'elle m'a fait une promesse!...

LA COMTESSE.

Parfaitement, je m'en souviens
Et croyez-le bien, je suis prête
A la tenir sans hésiter...

VALENTIN.

Voici donc mon humble requête
Que j'ose ici vous présenter,
J'ai, grâce à mon âge,
Le triste avantage
D'avoir un neveu

Dont la folle tête,
Par malheur, est prête
A se mettre en feu!
Ici, tout à l'heure,
En cette demeure
Valentin, je sai,
D'un acte blâmable
S'est rendu coupable,
Le pauvre insensé!
C'est sa grâce, Altesse,
Que pour sa jeunesse
Je viens demander,
Et ma voix supplie
Votre Seigneurie
De me l'accorder!

LA COMTESSE, à part.

Quelle demande inattendue!
De plaisir, j'en suis tout émue!

A des Ifs et à Marvejol.

J'avais pris un engagement,
Je ne puis pas faire autrement...

A Valentin.

Je cède... mon devoir l'ordonne,
Et puisqu'il le faut, je pardonne!

ENSEMBLE.

OLIVETTE et VALENTIN.

Pour comble mon/son désir,
La comtesse pardonne!
Au bonheur, au plaisir,
Mon âme s'abandonne!

LA COMTESSE.

Pour combler son désir,
Sans tarder je pardonne!
Au bonheur, au plaisir,
Mon âme s'abandonne!

DES IFS, MARVEJOL, CHOEURS.

Pour combler son désir,
La comtesse pardonne!
Et l'on doit obéir,
Lorsque sa voix ordonne!

LA COMTESSE, à Valentin.

Mais vous ne m'avez pas tout dit
Et vous désirez, je suppose...
Du moins vous me l'avez écrit,
Obtenir encore autre chose.

VALENTIN, *surpris.*

Qui? moi? comtesse...

LA COMTESSE.

Ce billet
Qu'on m'a remis sur ma route,
N'est-il pas de vous?...

VALENTIN, *à qui Olivette fait un signe.*

En effet...
Oui, oui, certes... sans aucun doute.

LA COMTESSE.

Eh! bien, je vous accorde aussi
Ce que cette lettre réclame,
Et devant tous j'ordonne ici
Qu'Olivette soit votre femme!

VALENTIN.

Ma femme!...

OLIVETTE, DES IFS et LES CHŒURS.

Sa femme...

MARVEJOL.

C'est parfait!... Il a réussi!...

VALENTIN, *à part avec joie.*

Eh quoi! de celle que j'aime
Je vais devenir l'époux,
Et c'est mon oncle lui-même
Qui m'assure un sort si doux!

DES IFS, *à Loufuseau.*

A jeune poulette on donne
Un vieux coq, le beau plaisir!...

MARVEJOL, *à Olivette.*

La souveraine l'ordonne!
Ma fille, il faut obéir!

OLIVETTE, *à part.*

Ma joie est immense,
Mais cachons mon jeu
Et, pour l'assistance,
Pleurons un peu!

I

O mon père!
Pour moi plus de bonheur,
Plus de plaisir sur terre!
Voyez à ma pâleur
L'excès de ma misère,
Ah! ah! ah!
Triste épouse que je ferai!
Ah! ah! ah!
Car l'on m'unit contre mon gré!
(Parlé.) Mais...
Puisque c'est nécessaire,
J'obéirai!

II

O mon père!
Hélas! mon pauvre cœur
Gémit, se désespère,
Exhalant sa douleur
Dans une plainte amère,
Ah! ah! ah!
Après avoir longtemps pleuré,
Ah! ah! ah!
Papa, je sens que j'en mourrai!
(Parlé.) Mais...
Puisque c'est nécessaire;
J'obéirai!...

MARVEJOL.

Fort bien... la chapelle est prête,
Le chapelain nous attend.
A Ourika, lui montrant sa fille.
Du voile qu'on la revête,
Et puis partons à l'instant

Ourika et plusieurs jeunes filles revêtent Olivette du voile blanc, et placent à son côté le bouquet de la mariée.

LA COMTESSE, à Valentin.

Ensuite avec Olivette,
Je vous mène en mon palais,
Où, d'une brillante fête
Je vous offre les attraits.
On entend sonner les cloches.

CHŒUR.

Gais époux, voici l'instant,
Le chapelain vous attend;
A toute volée
Le carillon
Dit la chanson
D'hyménée
Et dig, din, don!
Ah! comme on rira!
Comme on s'amusera!

DES IFS, les regardant.

Le vieux bonhomme et sa belle
A la cour viennent tous deux;
C'est charmant! car auprès d'elle
Mon succès n'est plus douteux!

REPRISE DU CHŒUR.

Gais époux, voici l'instant,
Le chapelain vous attend;
A toute volée
Le carillon
Dit la chanson
D'hyménée
Et dig, din don!
Ah! comme on rira!
Comme on s'amusera!

Le duc des Ifs offre le bras à la comtesse. Marvejol donne la main à sa fille. Valentin les suit avec Ourika, et la toile tombe au moment où ils se dirigent vers la chapelle.

ACTE DEUXIÈME

Une salle à pans coupés dans le palais de la comtesse de Roussillon. — Grandes baies fermées par des rideaux au fond et dans les pans coupés. — Portes latérales. — Un guéridon à droite. — Près de ce guéridon, un grand fauteuil gothique dont le dossier est très élevé. — A gauche, un canapé.

SCÈNE PREMIÈRE

OLIVETTE, seule.

Au lever du rideau, Olivette, en toilette de mariée, est à gauche près d'une porte qu'elle tient entr'ouverte, et elle parle à quelqu'un qui est au dehors.

Oui... c'est cela... Prenez garde... Changez vite de costume et revenez le plus tôt possible... (Descendant en scène.) Pourvu qu'il ait le temps... Ah ! notre situation est pleine de dangers...

RONDEAU.

Se marier avec un vieux bonhomme
Que l'on sait bien être un jeune amoureux,
Cela paraît peu difficile en somme,
Et cependant c'est un jeu périlleux !

Par mon époux à l'église conduite,
D'abord tout marche admirablement bien,
Puis, au palais on nous emmène ensuite
Et jusque-là, pas d'anicroche, rien !

Mais mon mari ne pouvant être double,
Voilà soudain qu'un embarras surgit,

Car la comtesse, ici, jetant le trouble,
Vient d'appeler Marvejol et lui dit :

« Bon sénéchal, courez, courez de suite
» Dans sa prison me chercher Valentin,
» Amenez-le..., qu'il accoure au plus vite,
» J'entends, je veux qu'il assiste au festin ! »

Mon père y court; position brûlante,
Car Valentin était là près de moi,
Il pâlissait... J'étais toute tremblante,
On eût tremblé pour moins que ça, ma foi !

Mais je parvins pourtant à me remettre
Et je me dis : Jouons bien notre jeu,
C'est maintenant à l'oncle à disparaître
Pour faire place à son jeune neveu.

A Valentin, je glisse avec mystère
Ces quelques mots : « Paraissez sans retard,
» En officier, — et si c'est nécessaire
» Vous reviendrez en oncle un peu plus tard ! »

Il est parti; — dans ce péril extrême
J'ai tremblé fort pour celui que j'aimais,
Heureusement, — grâce à ce stratagème,
Tout est sauvé, — mon cœur l'espère, mais...

Se marier avec un vieux bonhomme
Que l'on sait bien être un jeune amoureux,
Cela paraît peu difficile, en somme,
Et cependant c'est un jeu périlleux !

Voyant qu'on ouvre les rideaux du fond.

(Parlé.) On vient... Tenons-nous bien...

La comtesse entre, suivie du duc des Ifs.

SCÈNE II

OLIVETTE, LA COMTESSE, LE DUC DES IFS,
puis MARVEJOL.

DES IFS, à la comtesse.

Je vous répète que si vous vouliez...

LA COMTESSE.

Je vous ai déjà dit que non... laissez-moi... (Apercevant Olivette et allant à elle.) Comment, ma chère enfant, vous êtes là, toute seule?

OLIVETTE.

Oui, madame...

LA COMTESSE.

Et votre mari? Je le croyais avec vous...

OLIVETTE, un peu embarrassée.

Il vient... de me quitter... à l'instant...

LA COMTESSE.

Où donc est-il allé?

OLIVETTE

Je l'ignore...

DES IFS.

Quitter sa femme un jour de noce... Ah! fi! ce n'est pas très galant... Par Cupidon, si c'était moi...

LA COMTESSE, sévèrement.

Des Ifs!

DES IFS.

Pardon, ma cousine... c'est le sang... qui est vif..

LA COMTESSE.

Et la tête qui tourne à tous les vents...

DES IFS, vexé.

Vous me prenez pour une girouette?...

LA COMTESSE.

Non... Je ne vous prends pas...

DES IFS.

Merci... (A part.) Va, va, moque-toi de moi... elle est sur le feu, ma conspiration... elle mijote!...

LA COMTESSE, à Olivette.

Est-ce que votre père n'est pas encore revenu?...

OLIVETTE.

Pas encore...

LA COMTESSE, avec impatience.

C'est singulier... Je trouve qu'il est bien long à s'acquitter de la mission que je lui ai confiée... Il devrait être ici depuis longtemps...

DES IFS, à part.

Oh! oh! elle paraît bien pressée de revoir ce Valentin ..

UN DOMESTIQUE, au fond.

Monsieur le sénéchal...

LA COMTESSE, avec joie.

Ah! enfin!... Qu'il entre!... (Marvejol entre pâle et défait.) Que signifie?... Vous êtes seul ?

MARVEJOL.

Altesse! Pardonnez-moi... je viens de me rendre à la prison... J'ai ouvert la porte de la chambre où nous avions enfermé cet officier, et...

Il s'arrête.

LA COMTESSE.

Et?... Parlez donc?...

MARVEJOL.

Vide!... Plus personne!...

LA COMTESSE.

Personne!... Alors le prisonnier confié à votre garde?...

MARVEJOL.

Enfui... disparu!...

LA COMTESSE, avec colère.

Disparu!...

DES IFS, à part, en souriant.

Elle n'est pas contente, ma cousine...

LA COMTESSE, frappant du pied.

Disparu!... Et c'est ainsi qu'on me sert!...

MARVEJOL, suppliant.

Altesse...

OLIVETTE.

Madame... (A part.) Comme il est long à changer de cos tume.

LA COMTESSE, avec force.

Vous serez puni, monsieur le sénéchal!... Vous serez puni, je le jure!... Et puisque vous avez laissé échapper votre prisonnier, vous prendrez sa place... (Sonnant violemment.) L'officier de service!...

VALENTIN, paraissant au fond en officier.

Me voici...

LA COMTESSE, poussant un cri.

Lui?...

OLIVETTE, avec joie.

Enfin!...

DES IFS, surpris.

Tiens! tiens!

MARVEJOL, soulagé.

Ouf!...

SCÈNE III

LES MÊMES, VALENTIN, en officier.

ENSEMBLE.

LA COMTESSE.

Le voici!
Je renais, je respire
Et la colère ici
Sur mes lèvres expire!

OLIVETTE.

Le voici!
Je renais, je respire
Et sa présence ici
D'embarras nous retire!

<table>
<tr><td>VALENTIN.

Me voici !
Chacun enfin respire,
Et ma présence ici
D'embarras les retire!</td><td>MARVEJOL.

Le voici!
Je renais, je respire!
Et sa présence ici
D'embarras me retire!</td></tr>
</table>

DES IFS.

Le voici!
La comtesse respire
Et la colère ici
Sur ses lèvres expire!

LA COMTESSE, à Valentin.

Mais comment se fait-il ?

VALENTIN.

Je fuyais promptement,
Lorsqu'en chemin j'appris que vous m'aviez fait grâce;
Revenant sur mes pas et sans perdre un moment,
J'accourus au palais y reprendre ma place!...

REPRISE DE L'ENSEMBLE.

LA COMTESSE.

S'évader et s'enfuir!...
Je devrais vous punir...
Mais non, je serai bonne...
De nouveau, je pardonne!

DES IFS.

C'est trop de faiblesse, vraiment!

OLIVETTE, bas à Valentin.

Remerciez très chaudement.

VALENTIN, bas, parlé.

Oui. (Haut à la comtesse.) Ah! madame!...

COUPLETS.

Sur votre front où la beauté rayonne
Sous la couronne,
O Majesté,
Malgré l'éclat de vos yeux, on voit luire
Le doux sourire
De la bonté!

Madame, à votre voix divine,
Chacun s'incline
Et cependant
Plus on l'entend, plus on voudrait l'entendre
Suave et tendre
Comme un doux chant.
Sans y penser, alors on rend les armes
Plus à vos charmes
Qu'à votre rang!
Puis-je, madame,
En mes accents,
Mettre la flamme
Que je ressens.
Non, je le gage,
Il n'est image,
Mots, ni langage
Assez puissants!

OLIVETTE.

Accentuez plus vivement
Le compliment!

VALENTIN, très vite.

Ah! vous pouvez compter sur tout mon zèle,
Soyez fidèle,
Oui, je saurai
Vous protéger, ma belle souveraine,
Et sur ma reine
Je veillerai.
A vous et ma vie et mon âme,
Je suis, madame,
A vos genoux!
Et votre rang, aujourd'hui je l'oublie.
Prenez ma vie,
Elle est à vous!

DES IFS, à part, regardant Valentin.

Toi, je te surveillerai de près!...

OLIVETTE, bas et vivement à Valentin.

Je ne vous en demandais pas tant que ça...

LA COMTESSE, à Valentin.

C'est bien, monsieur, j'accepte votre dévouement et je compte sur vous... Reprenez votre service auprès de moi et qu'il ne soit plus question de ce qui s'est passé... N'oubliez pas cependant que c'est à votre oncle que vous devez votre liberté!...

VALENTIN.

Je le sais... Ce bon oncle!... J'ai hâte de le remercier...

LA COMTESSE.

En attendant et au sujet de son mariage, vous pouvez toujours complimenter votre tante...

VALENTIN.

Ma tante?...

OLIVETTE, *vivement.*

C'est moi, votre tante.

VALENTIN.

Ah! oui, oui... (*A Olivette.*) Ma chère petite tante... (*A part.*) Ça me fait un drôle d'effet de l'appeler comme ça!...

DES IFS.

Que diable fait-il donc, ce brave Mérimac?... il ne revient pas...

VALENTIN, *à part.*

Aïe!

LA COMTESSE.

Il lui est peut-être arrivé quelque accident... (*A Olivette.*) Olivette! Est-ce que cela ne vous inquiète pas?

OLIVETTE, *vivement.*

Si, si... Je commence, en effet, à être très inquiète...

VALENTIN, *à part.*

Moi aussi...

OLIVETTE, *regardant Valentin, avec intention.*

Il faut qu'on le retrouve!...

VALENTIN, *à part.*

J'ai compris... (*Haut.*) Soyez tranquille... on le retrouvera...

LA COMTESSE.

Voyez... cherchez partout .. Tâchez de mettre la main sur lui... Et revenez ensemble...

VALENTIN, sans réfléchir.

Ensemble!... Oh! ce n'est pas possible...

LA COMTESSE, étonnée.

Comment, pas possible?...

DES IFS.

Et pourquoi?

OLIVETTE, toussant.

Hum!... hum!...

VALENTIN, se reprenant vivement.

A cause de mon service qui me réclame... Mais je vous réponds que Mérimac sera ici dans un instant... je me charge de vous l'envoyer... (Il sort par le fond en disant.) A l'oncle, maintenant... quel travail!

LA COMTESSE.

Des Ifs, Marvejol... Voyez donc aussi de votre côté!...

MARVEJOL.

Oui, Altesse, je cours, je cours...

Il sort.

DES IFS.

Tout de suite... ma cousine... (A part, en sortant.) Ah! décidément, je crois qu'il est temps d'agir... ça brûle... Allons remuer les masses.

Il sort.

SCÈNE IV

LA COMTESSE, OLIVETTE.

LA COMTESSE, allant s'asseoir d'un air pensif, sur le canapé à gauche.

Il est très bien, ce jeune officier. (A Olivette.) N'est-ce pas?

OLIVETTE.

Très bien...

LA COMTESSE.

Une figure charmante... un air distingué... La femme qui l'aura pour mari ne sera pas malheureuse... (A Olivette.) N'est-ce pas votre avis?...

OLIVETTE.

Mais... sans doute... (A part.) Pourquoi me dit-elle cela?... (Haut.) Je pense absolument comme Votre Altesse...

LA COMTESSE, après un moment de silence.

Olivette...

OLIVETTE.

Madame...

LA COMTESSE.

Venez vous asseoir près de moi. (Olivette s'assied sur un petit tabouret près du canapé. — Lui prenant les mains.) Je veux que vous soyez mon amie... ma confidente...

OLIVETTE.

Votre confidente...

LA COMTESSE, à mi-voix.

Oui... Ecoute, mon enfant, j'ai un secret à te confier... un grand secret...

OLIVETTE.

Parlez...

LA COMTESSE, baissant encore la voix.

Je crois que Valentin m'aime!...

OLIVETTE, s'oubliant.

Vous, madame, c'est imp... (Se reprenant.) c'est très possible... Mais qui peut vous faire supposer?...

LA COMTESSE.

D'abord le trait de folie dont il s'est rendu coupable en pénétrant dans cette chambre et en osant me donner un baiser.

OLIVETTE, à part.

Elle croit que c'était pour elle!

LA COMTESSE.

Et puis, tout à l'heure, encore, cette exaltation dans l'expression de sa reconnaissance et de son dévouement... Est-ce que tu n'as pas remarqué?...

OLIVETTE.

Oh! parfaitement... (A part.) Il a été trop loin... (Haut.) Et je comprends que Votre Altesse soit choquée qu'un simple officier...

LA COMTESSE.

Non... tu te trompes...

OLIVETTE, stupéfaite.

Ah!

LA COMTESSE.

Olivette, que dirais-tu, si je t'avouais que, moi aussi, je l'aime?...

OLIVETTE, avec un cri.

Vous l'aimez!... (A part.) Ah! mon Dieu!... et c'est à moi qu'elle vient dire cela...

LA COMTESSE.

COUPLETS.

I

Souvent, dans la cour du palais,

Par les rideaux de ma fenêtre,
Je le voyais, je l'admirais,
Aux soldats commandant en maître!
Il me semblait si séduisant
Que j'avais le désir extrême
D'ouvrir la croisée à l'instant
Et de lui crier: Je vous aime!

Si je ne l'ai pas fait, vois-tu,
Oubliant mon amour profonde,
Mon Dieu! ce n'est pas par vertu,
C'est pour le monde!

II

Quand tous nos seigneurs se pressaient
En tumulte sur mon passage,
Malgré moi, mes yeux se fixaient
Sur son noble et charmant visage!
Alors, certain je ne sais quoi
Me poussait et j'entendais comme
Une voix disant: « Jette-toi
Dans les bras de ce beau jeune homme! »

Si je ne l'ai pas fait, vois-tu,
Oubliant mon amour profonde,
Mon Dieu! ce n'est pas par vertu,
C'est pour le monde!

OLIVETTE, à part.

Comme c'est amusant pour moi d'entendre de pareilles choses!

LA COMTESSE.

Malheureusement!... je suis encore incertaine de ses véritables sentiments à mon égard. M'aime-t-il un peu, beaucoup, passionnément.., ou pas du tout?... Voilà ce qu'il faut que je sache... Alors, j'ai pensé à toi.

OLIVETTE.

A moi!...

LA COMTESSE.

C'est un service que je te demande... et qu'on peut se rendre entre femmes... Il s'agit de le questionner adroitement... de connaître toute sa pensée... et de venir me raconter ce que tu auras appris...

OLIVETTE.

Oui... oui... je comprends...

LA COMTESSE, avec éclat.

Je puis compter sur toi, n'est-ce pas?... Tu plaideras ma cause...

OLIVETTE.

Comme si c'était la mienne...

LA COMTESSE, lui prenant les mains.

Ah! merci!... Tâche de le voir le plus tôt possible. Je te laisse... Sois adroite... (Près de la porte de droite, lui faisant un dernier geste d'amitié.) et encore une fois, merci!...

Elle sort.

OLIVETTE, la regarde sortir, comme frappée de stupeur, puis elle tombe assise dans le grand fauteuil placé à l'extrême droite.

Eh bien! me voilà chargée d'une commission agréable... il faut que je fasse la cour à mon mari pour le compte d'une autre... Voyons, voyons, réfléchissons un peu... Ça me bat dans les tempes... Tâchons de rassembler mes idées...

Elle met son front dans ses mains et réfléchit.

SCÈNE V

OLIVETTE, dans le fauteuil où elle est entièrement cachée, DES IFS, LONFUSEAU, puis MARVEJOL.

DES IFS, soulevant le rideau d'une des portes du fond et regardant sur le théâtre.

Il n'y a personne! (A Lonfuseau qui paraît derrière lui.) Viens!... (Ils descendent un peu.) Nous pouvons causer... Alors, ça marche?...

LONFUSEAU.

Ça marche...

DES IFS.

Les conjurés sont prêts?

LONFUSEAU.

Tout prêts... Voici la liste.

OLIVETTE, dans le fauteuil.

Que disent-ils là?...

Elle écoute.

LONFUSEAU.

Il ne nous manque plus qu'un capitaine de vaisseau qui mette son bâtiment à notre disposition... C'est un article que nous n'avons pas encore pu trouver...

DES IFS.

Nous le trouverons... ainsi, tout est bien convenu...

LONFUSEAU.

Oui...

DES IFS.

A minuit?...

LONFUSEAU.

A minuit...

DES IFS, agitant son mouchoir en l'air.

Quand j'agiterai ainsi mon mouchoir...

LONFUSEAU.

Houp!... nous enleverons la comtesse...

OLIVETTE, se levant d'un bond.

La comtesse!...

DES IFS, sautant.

Quelqu'un!... Allons, bon!... C'est la troisième fois que ce gredin de fauteuil me joue ce tour-là... et je m'y laisse toujours prendre!

OLIVETTE.

Comment, monseigneur, vous conspirez?

DES IFS.

Je ne fais que ça... c'est dans mes habitudes... Oh! vous pouvez me dénoncer, ça m'est égal... je nie tout... c'est également dans mes habitudes... (Frappé d'une idée.) Mais, non... attendez!... Vous avez mieux que ça à faire... c'est ma cousine qui a ordonné votre mariage avec cet affreux Mérimac... Par conséquent, vous ne devez pas l'aimer beaucoup, cette chère cousine.

OLIVETTE.

Oh! non... (A part.) Disons comme lui.

DES IFS.

Tranchons le mot : vous devez la détester cordialement et avoir une furieuse envie de vous venger d'elle!...

OLIVETTE.

Oh! oui!... (A part.) Où veut-il en venir?

DES IFS.

Eh bien! l'occasion est excellente... saisissez-la... Je vous débarrasse de la comtesse... Naturellement, je prends sa place... J'ai la puissance, la fortune... je dépose le tout à vos petits pieds... car vous savez que je vous adore... non, vous ne le saviez pas?... Eh bien, je vous le dis... Et, — plus fort encore, — du même coup, nous nous débarrassons aussi de votre vieux mari... Nous avons besoin d'un capitaine de vaisseau pour l'enlèvement... d'un capitaine qui parte ce soir et conduise la comtesse en Espagne... Ce sera lui; vous allez lui parler, l'endoctriner et le décider...

OLIVETTE.

Oh! mais voudra-t-il?...

DES IFS.

Cela vous regarde... faites miroiter à ses yeux les grades, les honneurs. C'est un combat entre son amour et son ambition. A son âge, l'ambition l'emportera; le plan est magnifique, bien machiné, bien complet... Ça marchera comme sur des roulettes et nous nous adorerons tous les deux comme de petits tourtereaux! .. C'est entendu... vous êtes des nôtres... travaillons tout de suite... Ah! je suis vraiment bien organisé!... A la besogne!... à la besogne!...

OLIVETTE.

Eh!... vous allez d'un train...

DES IFS.

Train de poste... Les conspirations doivent être menées rondement... A l'œuvre, donc! Tout à l'heure, je viendrai savoir le résultat de votre entretien avec Mérimac...

OLIVETTE.

Mais je n'ai pas dit...

DES IFS.

Si, si, c'est convenu... ne revenons pas là-dessus... à tout à l'heure... Viens, Lonfuseau. (Ils vont pour sortir. — Revenant.) Cependant, si vous aimez mieux me dénoncer, je vous le répète, ça m'est égal... je nie tout... et vous garderez votre balafré... Viens, Lonfuseau... (Ils vont pour sortir. — Revenant.) Tandis que, dans le cas contraire, nous nous aimerons!... Ah! c'est peu de le dire, vous verrez ça!... Viens, Lonfuseau... (En sortant.) Mon Dieu! comme je suis donc organisé!

Il sort, suivi de Lonfuseau.

OLIVETTE, seule.

Il m'a tout étourdie... je ne sais plus où j'en suis...

MARVEJOL, sortant du fond.

Olivette... Ah! te voilà!... Valentin vient de faire prévenir la comtesse que ton mari était retrouvé...

OLIVETTE.

Ah! bien!...

MARVEJOL.

Qu'il allait venir, et qu'en attendant, il prie qu'on se mette toujours à table... Viens, viens prendre ta place au banquet.

OLIVETTE, entraînée par son père.

Oui... (A part.) Je ne sais plus du tout, du tout où j'en suis...

Ils entrent à gauche. — Presque au même moment on voit Mérimac qui s'oriente au fond dans le pan coupé de gauche.

SCÈNE VI

MÉRIMAC, puis LONFUSEAU.

MÉRIMAC, au fond, à gauche, s'orientant.

Personne!... Où sont donc les domestiques? Je me perds dans ce palais où je n'ai jamais mis les pieds. (Descendant en scène.) Ma foi, je ne croyais pas y venir ce soir... mais le vent a changé tout à coup, il a tourné au nord-nord-ouest... et j'ai reçu contre-ordre... Mon départ se trouvant ajourné, j'ai pris mon courage à deux mains, et je viens demander à la comtesse la réponse à ma lettre... Ordonnera-t-elle mon mariage avec Olivette?... Je le crois... j'en suis sûr... Elle ne peut pas refuser ça à l'homme qui lui a conservé l'existence... de son singe... Ce serait de l'ingratitude. (Regardant autour de lui.) Mais, il n'y a donc absolument personne ici...

Il remonte un peu à droite.

LONFUSEAU, entrant par le fond.

Le duc est occupé avec nos amis... il m'a chargé d'excuser son absence...

Il se dirige vers la porte qui conduit à la salle du banquet.

MÉRIMAC, l'apercevant.

Ah! quelqu'un... Hé! mon ami!...

LONFUSEAU, se retournant.

Tiens, monsieur de Mérimac... Enfin, vous voilà... on vous attend avec une impatience...

MÉRIMAC, très étonné.

On m'attend... moi?

LONFUSEAU.

La mariée était d'une inquiétude...

MÉRIMAC.

Quelle mariée?...

LONFUSEAU.

Tiens, parbleu, votre femme...

MÉRIMAC.

Ma f...

LONFUSEAU.

Venez vite... on n'en est encore qu'au potage... je vais dire à votre beau-père que vous êtes retrouvé...

Il entre à gauche.

MÉRIMAC.

Ma femme!... mon beau-père... le potage... Cet homme a quelque chose de dérangé dans la cervelle...

SCÈNE VII

MÉRIMAC, MARVEJOL.

MARVEJOL, entrant, la serviette au cou.

Eh! oui... le voilà! (Allant à Mérimac.) C'est donc gentil de se faire attendre comme ça. (Haut.) Il ne vous est rien arrivé de fâcheux, j'espère?

MÉRIMAC.

Rien du tout...

MARVEJOL.

Bon, bon!... Je comprends, une simple indisposition... Ecoutez donc, c'est bien fait pour ça... à un certain âge... ça secoue... ça donne un choc.

MÉRIMAC.

Je ne sais pas du tout ce que vous voulez me dire... le vent a tourné au nord-nord-ouest.

MARVEJOL.

Il ne s'agit pas de nord-nord-ouest... On trouve généralement que vous n'êtes guère empressé auprès de votre femme...

MÉRIMAC.

Ma femme... lui aussi!... Ah çà! je suis donc marié?

MARVEJOL.

Il le demande. (A part.) Quel choc il a reçu! (Haut.) Mais oui, avec ma fille.

MÉRIMAC.

Olivette!

MARVEJOL.

Sans doute!... Ah! mon pauvre ami, mon pauvre ami!... C'est le bonheur qui vous a fait perdre la mémoire... Comment, vous ne vous rappelez plus que vous avez épousé Olivette?

MÉRIMAC.

Si, si!... (A part.) Oh! il y a là un mystère qu'il faut que j'éclaircisse. (Haut.) Seulement j'ai quelquefois des lacunes... quand la lune est dans son plein... Rappelez-moi donc un peu les choses...

MARVEJOL.

Volontiers!... (A part.) Il m'afflige, ma parole d'honneur. (Haut.) Voyons... tantôt, rappelez-vous, vous vous êtes présenté devant la comtesse et vous lui avez demandé la grâce de votre neveu...

MÉRIMAC.

Ah!... ah!..

MARVEJOL.

Et la main de ma fille... On vous a tout accordé et le mariage a eu lieu sur-le-champ.

MÉRIMAC.

Oui... oui... (A part.) Je comprends... c'est encore un tour de mon coquin de neveu... (Haut.) j'y suis tout à fait, maintenant... (Lui serrant la main.) Cet excellent beau-père... cette chère

Olivette... ma petite femme... Allez m'annoncer, je vous rejoins, le temps seulement de me rajuster un peu...

Il se pose devant la glace.

MARVEJOL.

Oui, mon ami... oui, mon bon capitaine... (A part.) Ne le contrarions pas... Mais quel choc!... mon Dieu! quel choc!

Il sort par le fond.

SCÈNE VIII

MÉRIMAC, puis VALENTIN.

MÉRIMAC, seul, se bichonnant devant la glace.

Eh bien! je suis arrivé à temps... Ah! mon cher neveu, vous me prenez mon nom et ma figure pour m'enlever Olivette... C'est bon!... nous allons voir!...

A ce moment, Valentin entre, il a repris ses habits de vieux et doit ressembler absolument à son oncle. Même costume, même tournure, même balafre sur la figure, etc.

VALENTIN, entrant vivement tout en finissant d'ajuster ses habits.

Me voilà! me voilà! Je vous demande bien pardon...

MÉRIMAC, se retournant.

Quelqu'un!... (Le reconnaissant.) C'est lui!

VALENTIN, de même.

Mon oncle!... mon oncle ici!...

Il veut remonter.

MÉRIMAC.

Un instant, monsieur, j'ai à vous parler. (Ils descendent.) Bonjour, monsieur mon neveu.

VALENTIN, à part.

Il m'a reconnu... (Haut.) Tiens, c'est vous, mon oncle.

MÉRIMAC.

Oui, quant à moi c'est moi, mais quant à toi c'est toi, sans être toi... tu m'as pris ma tête... Je ne me croyais pas aussi laid que ça.

VALENTIN.

Serait-il indiscret de vous demander ce que vous venez faire ici?

MÉRIMAC.

Du tout... (Avec intention.) Je viens retrouver ma femme!...

VALENTIN.

Hein!... sa femme!...

DUO.

VALENTIN.

Quoi! Votre femme avez-vous dit?

MÉRIMAC.

Eh! oui, la charmante Olivette...

VALENTIN.

Mais c'est moi qui suis son mari!...

MÉRIMAC.

Toi! son mari! Tu perds la tête...

VALENTIN.

C'est moi! cela n'est pas douteux...

MÉRIMAC.

Je te prouverai le contraire...

VALENTIN.

Mon oncle, soyons sérieux...

MÉRIMAC.

Je veux bien... raisonnons l'affaire...

ENSEMBLE.

Soyons sérieux,
Ici, sans colère,
Entre nous tous deux
Raisonnons l'affaire.

MÉRIMAC, *parlé.*

A toi d'abord...

VALENTIN.

COUPLETS.

I

Qui de nous deux a conduit
Olivette à la chapelle?
C'est moi!
L'anneau d'argent, qui le mit
Au doigt de la jouvencelle?
C'est moi!
Qui donc prononça le oui,
Formule sacramentelle?
C'est moi!
C'est moi! c'est moi!
C'est toujours moi!
Voilà l'affaire,
Elle est bien claire!
Or donc, j'en conclus à bon droit,
Que sans conteste
Je l'atteste,
Le vrai, le seul mari c'est moi!

MÉRIMAC, *parlé.*

A mon tour.

II

A qui le pèr' ce matin
Donna-t-il sa demoiselle?
A moi!
A qui le bon chapelain
Pensa-t-il unir la belle?
A moi!
A qui la comtesse, enfin,
Aujourd'hui l'accorda-t-elle?
A moi!
A moi! à moi!
Toujours à moi!

ENSEMBLE.

Voilà l'affaire,
Elle est très claire,

Enfin, pour moi j'ai le bon droit,
Et sans conteste
Je l'atteste,
Le vrai, le seul mari c'est moi!

VALENTIN.

Non! non! vous n'aurez pas l'audace
D'accomplir un pareil méfait!...

MÉRIMAC.

Pourquoi donc? Tu m'as pris ma place,
Je prends ta femme, c'est parfait!

VALENTIN.

Jamais, je vous le dis en face,
Jamais je ne la céderai!

MÉRIMAC.

Je me moque de ta menace,
Je la tiens, je la garderai!

ENSEMBLE.

Voilà l'affaire,
Etc.

MÉRIMAC, sur la ritournelle.

Et la preuve que je ne la céderai pas, c'est que j'entre dans la salle du banquet et que je vais m'asseoir à la place réservée au mari d'Olivette!...

Il se dirige vers la gauche.

VALENTIN.

Mon oncle!...

MÉRIMAC, sur le pas de la porte.

Ose donc m'y suivre... et me la disputer!... Ose-le donc!...

Il entre à gauche en ricanant.

SCÈNE IX

VALENTIN, puis OLIVETTE.

VALENTIN.

C'est qu'il est capable de le faire comme il le dit!... Tout à l'heure après la fête, on doit conduire la mariée à la chambre nuptiale... Et c'est lui qui... Oh! mais non!... non!...

OLIVETTE, sortant effarée de gauche.

Ah! mon Dieu!... Lui ici!... Qu'est-ce que cela veut dire?...

VALENTIN.

Olivette!...

OLIVETTE, courant à lui.

Ah! Valentin, je me doutais que vous étiez là... En voyant entrer votre oncle tout joyeux, j'ai pressenti un danger et je suis accourue... Qu'est-ce qu'il veut, votre oncle?

VALENTIN.

Vous garder pour femme!

OLIVETTE, avec un cri.

Il ne manquerait plus que ça!... (Désolée.) Eh bien! pour le jour de mes noces me voilà dans une jolie situation!...

VALENTIN.

Ah! oui.

COUPLETS.

I

Ah! nous sommes bien malheureux,
Chère mignonne, et quel dommage
D'être obligés à tous les yeux
De cacher notre mariage!
Moi qui voudrais, tout fier de vous,

Crier devant la ville entière :
D'Olivette je suis l'époux!...
Hélas!... hélas!... je dois me taire!
Mais...

OLIVETTE.

Mais?...

VALENTIN.

Quand nous serons hors de danger,
Je pourrai me dédommager!

OLIVETTE.

II

Vous êtes mon petit mari,
Je suis votre petite femme,
Et qu'avons-nous fait jusqu'ici
Pour nous exprimer notre flamme?
C'est à peine de loin en loin
Si nous avons... j'en suis navrée,
Echangé dans un petit coin
Un baiser à la dérobée!
Mais...

VALENTIN.

Mais?...

OLIVETTE.

Quand nous serons hors de danger,
Nous pourrons nous dédommager!

OLIVETTE, avec résolution.

Eh bien!... il faut tenir tête à l'orage et surmonter les obstacles!... D'abord, la première chose à faire, la plus importante, c'est de nous débarrasser de votre oncle...

VALENTIN.

Oui, mais comment?...

OLIVETTE, résolûment.

Je m'en charge!...

VALENTIN.

Vous?

OLIVETTE, regardant à droite.

J'entends quelqu'un... C'est la comtesse!... Vite, vite... (Ouvrant une porte à gauche, premier plan.) Là, dans cette chambre, et attendez que je vous en fasse sortir...

VALENTIN, entrant.

J'obéis...

Il disparaît.

SCÈNE X

OLIVETTE, puis LA COMTESSE.

OLIVETTE, seule.

Allons, du courage... ça doit réussir...

LA COMTESSE, entrant vivement et allant à Olivette.

Ah! Olivette... c'est toi, est-ce que tu l'as vu?... Lui as-tu parlé?...

OLIVETTE.

Oui, il me quitte à l'instant...

LA COMTESSE.

Eh bien! voyons?... Ne crains pas de me dire la vérité!...

OLIVETTE.

Je vous la dirai tout entière!... Il adore Votre Altesse...

LA COMTESSE, avec joie.

Ah!...

OLIVETTE.

C'est une passion, un délire... Il en est à moitié fou!

LA COMTESSE.

Il serait dommage qu'il le devînt tout à fait... Mais parle... parle... Redis-moi quelques-unes de ses paroles... tout bas par exemple... il ne faudrait pas que le duc des Ifs entendît...

OLIVETTE.

Le duc!... (A part, frappée d'une idée.) Voilà mon affaire. (Haut, avec un effroi joué.) Le duc des Ifs! Ah! madame, pourquoi avez-vous prononcé ce nom?

LA COMTESSE.

Que se passe-t-il donc?... Je veux savoir...

OLIVETTE, même jeu.

Ne m'interrogez pas... Je serais obligée de porter à Votre Altesse un coup trop cruel...

LA COMTESSE.

Que veux-tu dire?

OLIVETTE.

Je veux dire que vous êtes entourée d'ennemis... et que vous courez les plus grands dangers...

LA COMTESSE.

Moi!... Et c'est le duc des Ifs? Achève!

OLIVETTE.

Impossible!...

LA COMTESSE.

Comment?...

OLIVETTE.

Je dois garder le silence... Et... (Apercevant des Ifs dans un des salons du fond.) Voici le duc... (Vivement.) Mais si j'ai promis de ne rien dire, (A demi-voix.) je puis tout vous faire entendre... (Ouvrant la porte du premier plan à droite.) Entrez ici...

LA COMTESSE, entrant à droite.

Eh bien! soit... Ah! je suis entourée d'ennemis... je cours les plus grands dangers... Ah! mon cousin...

OLIVETTE, au milieu du théâtre.

Et de deux!... (Regardant le duc qui entre.) Au troisième, maintenant!

SCÈNE XI

OLIVETTE, LE DUC DES IFS.

DES IFS, entrant.

Ça roule... ça roule... Il n'y a toujours que le capitaine qui nous manque...

OLIVETTE, s'approchant de lui et à voix basse.

Monseigneur...

DES IFS.

Ah! c'est vous...

OLIVETTE, avec des gestes d'effroi.

Chut!... (Très bas et vivement.) C'est fait... J'ai parlé à mon mari... Il consent...

DES IFS, avec joie.

Bravo!...

OLIVETTE, jouant l'effoi.

Chut!

DES IFS.

Chut!!!

OLIVETTE, montrant la gauche.

Et il est là... attendant vos ordres...

DES IFS, bas.

Fais-le venir.

OLIVETTE.

Oui!... (Allant ouvrir la porte de gauche.) Venez, capitaine... voici M. le duc.

VALENTIN, sortant de droite.

Le duc?...

OLIVETTE.

Je vous laisse causer ensemble... (Bas et très vivement à Valentin.) Consentez à tout ce qu'il vous demandera et répondez oui à toutes ses questions. (Haut.) Moi, je retourne à table (A des Ifs.) pour détourner les soupçons... (A Valentin.) et pour retenir l'autre !... (En entrant à gauche premier plan.) Allons, je crois que nous en sortirons !

SCÈNE XII

DES IFS, VALENTIN, LA COMTESSE, cachée.

LA COMTESSE, entr'ouvrant la porte.

Le capitaine de Mérimac... Tiens !... tiens !...

Elle ouvre la porte à demi et écoute.

DES IFS, à Valentin.

Eh bien ! capitaine, vous voilà des nôtres...

VALENTIN, qui ne comprend pas.

Des vôtres... (Vivement, à part.) N'oublions pas ma consigne... Oui, oui, oui.

DES IFS.

Vous êtes bien décidé, n'est-ce pas ?

VALENTIN.

Oui, oui, oui... (A part.) Décidé à quoi ?...

DES IFS.

Votre navire est tout prêt ?...

VALENTIN.

Mon na... (A part.) Il paraît que j'ai un navire...

DES IFS.

Comment l'appelez-vous, votre navire ?...

VALENTIN, embarrassé.

Moi... je... l'appelle... le... *Crocodile*...

DES IFS.

Joli nom !... Quant à l'équipage... inutile de l'instruire de nos desseins... c'est plus prudent... Ne leur dites rien de ce que vous savez...

VALENTIN.

Il n'y a pas de danger !

DES IFS.

Vous approuvez notre plan ?

VALENTIN.

Votre plan ?... (Vivement.) Oui, oui, oui...

DES IFS.

Bon... Voici donc ce que vous aurez à faire...

VALENTIN.

Ah ! ah ! voyons ça !

LA COMTESSE, derrière la tapisserie.

Ecoutons bien...

DES IFS.

Ce soir... au milieu de la fête... pendant qu'on dansera la farandole et au moment où sonnera minuit... dinn ! dinn ! dinn !... je lève mon mouchoir comme ça. (Il agite son mouchoir.) C'est le signal... mes hommes paraissent, et nous enlevons la personne en question...

LA COMTESSE, à part.

Moi !... je comprends...

DES IFS.

Et une fois entre nos mains, nous la transportons sur le... chose... le... machin... Comment l'appelez-vous, votre navire ?

VALENTIN.

Le *Caïman*...

DES IFS.

Sur le *Caï*... mais non, vous m'aviez dit le *Crocodile*.

VALENTIN.

C'est de la même famille... Ça se prononce *Caïman* dans les mers du Sud...

DES IFS.

C'est différent... Je ne pouvais pas le savoir... je n'ai jamais navigué !... Alors, vous appareillez immédiatement et vous conduisez en Espagne la personne en question... Avez-vous quelques observations à faire ?

VALENTIN, machinalement.

Oui, oui, oui...

DES IFS.

Parlez...

VALENTIN.

Pardon, je me trompe, je voulais dire : non, non... aucune...

DES IFS.

Bien !... Nous sommes d'accord... séparons-nous... Allez-vous en... on pourrait remarquer votre absence... A ce soir !.. minuit... Le mouchoir !

VALENTIN, répétant.

Ce soir minuit !... Le mouchoir !... (A part. — Au fond.) Je n'y ai pas compris un mot...

Il sort.

DES IFS.

Ca m'a l'air d'un bon marin... pas éloquent... mais bon marin... Moi, je vais m'éloigner d'un autre côté... Astuce du serpent... Oh ! elle réussira ma dix-septième !... Mais comme elle est menée !... J'ai vraiment une organisation extraordinaire... (Au fond.) extraordinaire !

Il sort.

SCÈNE XIII

LA COMTESSE, puis OLIVETTE.

LA COMTESSE, sortant de sa cachette.

Quelle infamie !... et moi qui ne me doutais de rien... Ah ! mon cher cousin, vous voulez prendre ma place... Vous ne la tenez pas encore !... Et ce Mérimac... qui conspire contre moi... ce Mérimac que j'ai comblé de bienfaits... Voilà de quelle façon il me remercie !... Oh ! (A Olivette qui entre.) je me vengerai.

OLIVETTE, à part.

Ça a pris ! Et que compte faire Votre Altesse?...

LA COMTESSE.

C'est bien simple... Attendre jusqu'à minuit, et au moment où doit éclater la conspiration, faire arrêter le duc et le capitaine.

OLIVETTE, avec un feint effroi.

Le capitaine !... (A part, avec joie.) Bon !

LA COMTESSE.

Oui, ma pauvre enfant, à l'heure où il devait te mener à la chambre nuptiale, c'est en prison qu'on le conduira !...

OLIVETTE, portant son mouchoir à ses yeux.

Ah !... (A part.) C'est bien là-dessus que je comptais...

LA COMTESSE.

Il le faut !... Tu comprends?

OLIVETTE, feignant de pleurer.

Le salut de Votre Altesse avant tout...

LA COMTESSE.

Ah! je n'oublierai jamais que c'est grâce à ton zèle, à ton dévouement...

OLIVETTE.

Ne parlons pas de ça.

LA COMTESSE.

Si, si... parlons-en !...

I

Comme une sœur, chère Olivette,
Aujourd'hui tu veillais sur moi,
Au péril menaçant ma tête
Si j'échappe, c'est grâce à toi !
De ce danger, toi, mon amie,
Toi seule ici vins m'avertir !
J'en garderai toute ma vie,
Ma chérie,
J'en garderai le souvenir !

II

Il faut, à peine mariée,
Que de ton époux sur-le-champ
Pour que je puisse être sauvée,
Je te sépare brusquement !
Ton cœur, hélas ! me sacrifie,
Et le bonheur et l'avenir !...
J'en garderai toute ma vie,
Ma chérie,
J'en garderai le souvenir !

Il s'agit de prendre nos mesures promptement... Mais entourée d'ennemis inconnus, je ne sais vraiment plus à qui me fier... Je cherche...

OLIVETTE.

En effet, je ne vois pas trop...

LA COMTESSE, *vivement.*

Attends !... j'ai trouvé !... Sonne... (*Olivette sonne, un domestique paraît au fond.*) Monsieur Valentin, à l'instant...

OLIVETTE.

Valentin ?

LA COMTESSE.

Il m'aime, tu me l'as dit !... Il me défendra celui-là !

OLIVETTE, *embarrassée.*

Sans doute... sans doute... (*A part.*) Je n'avais pas prévu cette complication...

Valentin paraît au fond.

SCÈNE XIV

LES MÊMES, VALENTIN, *en officier des gardes.*

LA COMTESSE.

Approchez, monsieur... Savez-vous ce qui se passe dans mon propre palais?...

VALENTIN, *embarrassé.*

Moi... je...

OLIVETTE, *bas et vivement, le soufflant.*

Une conspiration...

VALENTIN, *à la comtesse.*

Je sais, madame... Une conspiration.

LA COMTESSE.

Et vous en connaissez tous les détails ?

OLIVETTE, *soufflant.*

Tous !... l'enlèvement...

VALENTIN, *répétant.*

Tous!... l'enlèvement. (*A part.*) Je crois comprendre. (*Haut.*) Minuit, le mouchoir, le *Crocodile !*

LA COMTESSE.

C'est bien cela... Avez-vous pris toutes vos mesures pour arrêter les coupables ? Le duc des Ifs... M. de Mérimac?

VALENTIN, *après avoir consulté Olivette du regard.*

Certainement... Je réponds du salut de Votre Altesse.

LA COMTESSE.

Bien, monsieur... Je n'oublierai jamais le service que vous me rendez là... Jamais...

Elle lui tend la main.

OLIVETTE, au fond.

Le duc !

LA COMTESSE.

Silence !

SCÈNE XV

LA COMTESSE, OLIVETTE, VALENTIN, LE DUC DES IFS.

DES IFS, ironique.

Encore ensemble... Décidément, c'est un amoureux.

LA COMTESSE.

Mais que devenez-vous donc, mon beau cousin? On ne vous a pas vu au banquet ?

DES IFS

Une affaire qui m'occupe beaucoup.

LA COMTESSE.

Ah ! une affaire ?

DES IFS.

Très importante... et avant de la conclure, j'ai même un mot à vous dire.

Il l'attire un peu à droite, pendant que Valentin et Olivette causent à gauche à voix basse. On doit voir aux gestes de Valentin qu'Olivette lui explique la situation.

LA COMTESSE, à des Ifs.

Parlez...

DES IFS, avec sentiment.

Ah ! si vous m'aviez accepté, ma cousine, quel joli petit ménage nous eussions fait !... Batilde, songez-y... il en est encore temps.

LA COMTESSE, sèchement.

Non... restons comme nous sommes... Cela vaut mieux.

Elle le quitte et retourne à Olivette et Valentin.

DES IFS, furieux.

Pimbêche !... c'est toi qui l'auras voulu !... En avant donc ma dix-septième ! (Voyant entrer Mérimac.) Justement, voici ce brave capitaine.

SCÈNE XVI

LES MÊMES, MÉRIMAC, MARVEJOL, SEIGNEURS et DAMES.

Mérimac et Marvejol sortent de droite, deuxième plan, en se tenant bras dessus, bras dessous; ils sont un peu lancés, ils sont suivis par des seigneurs, des dames et des officiers.

MÉRIMAC, à Marvejol.

Vous avez raison, beau-père... Il était excellent ce petit vin de Jurançon...

MARVEJOL.

Exquis !... Mon gendre... exquis !

DES IFS, inquiet regardant Mérimac.

Est-ce qu'il serait gris ?

MÉRIMAC, apercevant Valentin.

Mon neveu !... Nous allons rire... (S'approchant d'Olivette. Ah ! ah ! vous voilà, mon trésor...

Il veut lui prendre la main.

OLIVETTE, cherchant à le repousser.

Monsieur... devant Son Altesse... Y pensez-vous ?

MÉRIMAC.

Pourquoi pas?... Puisque c'est Son Altesse qui nous a mariés, le spectacle de notre tendresse mutuelle ne peut que lui être agréable. (A la comtesse.) N'est-ce pas, Altesse?...

LA COMTESSE.

Sans doute... sans doute. (Bas à Olivette.) Laisse-le faire, il n'en a pas pour longtemps...

OLIVETTE, à part, inquiète.

Oui, mais Valentin qui est là...

MÉRIMAC, près d'Olivette.

Quels beaux yeux! (Regardant Valentin.) Il doit bisquer. (Continuant.) Quels cheveux! (Il caresse les cheveux d'Olivette, regardant Valentin qui a de la peine à se contenir.) Il bisque!...

VALENTIN, prêt à s'élancer sur lui.

Ah! je ne sais qui me retient...

DES IFS, tirant Mérimac par la manche.

Voyons, soyez donc sérieux... A quoi diable vous amusez-vous là... à moins que ce ne soit pour détourner les soupçons.

MÉRIMAC, qui ne comprend pas.

Quels soupçons?...

DES IFS, vivement.

Silence!... On nous regarde!...

Il s'éloigne.

MÉRIMAC.

Qu'est-ce qu'il a?... Il vient me déranger dans mes effusions... (Retournant à Olivette.) et puisque Son Altesse m'y autorise, je veux cueillir un baiser...

DES IFS, le tirant par la manche.

Etes-vous fou!... A quoi bon toutes ces singeries? Vous feriez mieux de vous préparer... l'heure approche!...

MÉRIMAC.

Quelle heure?

DES IFS.

Minuit!... L'auriez-vous oublié?

MÉRIMAC, regardant Olivette amoureusement.

Mais non... Vous voyez bien que je prélude.

DES IFS.

J'espère que vous vous montrerez à la hauteur de la situation?

MÉRIMAC.

Soyez tranquille...

DES IFS.

Je crains toujours qu'au dernier moment vous ne faiblissiez...

MÉRIMAC.

Moi?... Vous ne me connaissez pas... J'ai fait mes preuves...

DES IFS.

Tant mieux!... Silence!... on nous regarde...

Il s'éloigne un peu.

MÉRIMAC.

Qu'est-ce qu'il a donc?... C'est le père qui l'aura chargé de me faire le petit discours...

FINALE.

CHŒUR DES SEIGNEURS et DAMES DE LA COUR.

Dans le parc pour la fête,
Altesse, l'on s'apprête.
Tous vos vassaux sont là
Et l'on entend déjà
Les refrains légendaires
Des gais tambourinaires
Et les fifres joyeux
Soufflant à qui mieux mieux!

DES IFS, à la comtesse.

Pour que la farandole
S'élance vive et folle,
On attend que du bal
Vous donniez le signal.

LA COMTESSE, bas à Valentin.

Vite, agissez !...

VALENTIN, de même.

Comptez sur moi !

Il sort.

DES IFS, à Mérimac.

Hardi !... préparons-nous...

MÉRIMAC, étonné.

A quoi?

OLIVETTE.

La farandole entraînante
Va gaîment se mettre en train...

LA COMTESSE.

J'entends la note éclatante
Du fifre et du tambourin.

OLIVETTE.

Mes amis, sur cette danse
Je connais un chant joyeux...

LA COMTESSE, près d'elle.

C'est un air de la Provence,
Nous le chanterons à deux.

CHANSON A DEUX VOIX.

LA COMTESSE et OLIVETTE.

Sous la tonnelle
Où les appelle
Le gai refrain
Du tambourin,
Filles, garçons, soudain

Se prennent par la main
Et, sautant en cadence,
Ainsi que des cabris,
Dans une chaîne immense
Chacun se trouve pris!

Ah! ah! ah! ah!
C'est la farandole,
On court, on vole,
Vole!
Vole!
De la plaine au vallon!
Ah! ah! ah! ah!
La farandole
Est un gai tourbillon!

CHOEUR.

O danse folle!
On court, on vole,
Etc.

II

OLIVETTE et LA COMTESSE.

Chacun s'agite,
On va plus vite,
Les pieds rasant
Le sol brûlant.
Dans cet élan trop prompt
La chaîne enfin se rompt.
Voici l'un qui chavire
Et s'en va culbutant,
Et la troupe en délire
Sur lui tombe en riant.

Ah! ah! ah! ah!
C'est la farandole,
On court, on vole,
Vole!
Vole!
De la plaine au vallon,
Ah! ah! ah! ah!
La farandole
Est un gai tourbillon!

CHŒUR.

O danse folle !
On court, on vole !
Etc.

DES IFS.

Chantez, dansez... allez, troupe de fous,
J'aurai mon tour...

Minuit sonne.

Voici l'heure.

A Mérimac.

A nous !
Je donne le signal...

Il lève son mouchoir en l'air. — Des soldats paraissent à toutes les portes. — Valentin entre par le fond l'épée à la main.

Et pour finir la fête...

VALENTIN, montrant des Ifs et Mérimac.

Tous deux, soldats, qu'on les arrête !

MÉRIMAC, se débattant entre les mains des soldats.

Qui ? moi ? comment ? arrêté ?

DES IFS, stupéfait.

La dix-septième a raté !

LA COMTESSE, s'avançant vers Valentin.

Vous avez sauvé ma couronne,
Mais en retour, chez Valentin,
Voici ma main,
Je vous la donne,
Vous serez mon époux demain !

VALENTIN, atterré.

Moi ! !

OLIVETTE, stupéfaite.

Que dit-elle ?

LA COMTESSE, à des Ifs.

Pendant qu'à la prison
Vite on va vous conduire,
Dans un éclat de rire
Redisons la chanson.

ENSEMBLE.

LA COMTESSE, MARVEJOL, LES CHŒURS.	DES IFS, et MÉRIMAC.
Ah! ah! ah! ah!	Ah! ah! ah! ah!
C'est la farandole!	V'lan je dégringole!
On court, on vole,	L'espoir s'envole!
Ah! le gai tourbillon!	On me fourre en prison!
Ah! ah! ah! ah!	Ah! ah! ah! ah!
Quelle danse folle	Et du Capitole
De la plaine au vallon!	Je fais un beau plongeon!

VALENTINE et OLIVETTE.

Ah! ah! ah! ah!
A cette parole
L'espoir s'envole!
Mieux vaudrait la prison!
Ah! ah! ah! ah!
Mon cœur se désole!
J'en perdrai la raison.

Tableau. — La toile baisse.

ACTE TROISIÈME

Le théâtre représente une grande salle d'auberge. — Par le fond qui est très ouvert, on aperçoit la mer et un navire qui est à l'ancre. — Portes latérales. — Tables, bancs, tabourets. —

SCÈNE PREMIÈRE

LARTIMON, maître d'équipage, MISTIGRIS, L'ECUREUIL, MOUSTIQUE, petits mousses, PLUSIEURS SERVANTES, MARINS.

Au lever du rideau, les marins, les mousses sont assis aux tables et boivent ; les servantes leur versent du vin.

CHŒUR DES MARINS.

Avant d' quitter le rivage,
Amis, il faut festoyer !
Et pour supporter l'voyage,
Nous humecter le gosier !

LARTIMON.

Aujourd'hui faisons bonne chère.
Verse donc, Margoton,
Et buvons, buvons à plein verre
Le vin du Roussillon.

MISTIGRIS, levant son verre.

Ah ! le vin du Roussillon !

I

Il force à boire, il force à rire
Ce joli vin partout vanté.

C'est un nectar qui vous inspire
Un tas d'idé's plein's de gaieté!
Son pétillement, drôl' de mystère,
Semble un langage à sa façon.
C'est l' vin du Roussillon
Qui chante dans mon verre,
Ecoutez la chanson
Du vin du Roussillon!

L'ECUREUIL.

II

Il dit qu'on doit avec courage
Prendre sa part dans les combats,
Et, comme un lion à l'abordage,
S'élancer quand sonn' le branl'bas.
Il vous inspire l'ardeur guerrière
Et donn' du cœur même au poltron.
C'est l' vin du Roussillon,
Etc.

MOUSTIQUE.

Il dit qu'il faut auprès des belles,
Se montrer très entreprenant,
Et qu'ell's ne sont jamais cruelles,
Tell'ment il vous rend séduisant.
C' qu'il dit encor... je dois le taire,
Car c'est un vin très polisson...
C'est l' vin du Roussillon,
Etc...

SCÈNE II

LES MÊMES, LD DUC, DES IFS, LA COMTESSE, LONFUSEAU, CONSPIRATEURS de la suite du duc.

DES IFS, paraissant au fond et parlant à la cantonade.

Par ici!... par ici!...

TOUS LES MARINS, se levant et se découvrant.

Le duc des Ifs!

DES IFS, toujours à la cantonade.

Doucement... mes amis... les plus grands égards.

Lonfuseau et plusieurs seigneurs entrent par le fond conduisant la comtesse de Roussillon voilée.

LONFUSEAU, à la comtesse avec la plus grande courtoisie.

De grâce, madame, donnez-vous la peine d'entrer.

DES IFS.

Très bien! (Avec un grand empressement.) Vite, vite, un bon siége pour ma chère cousine.

LONFUSEAU, approchant une chaise.

Voici.

DES IFS, à la comtesse.

Veuillez vous asseoir, ma chère Batilde... Etes-vous bien? Lonfuseau, je ne puis causer devant tout ce monde...

LONFUSEAU, aux matelots.

Mes amis, M. le duc désire... il voudrait que... enfin vous seriez bien aimables de...

MOUSTIQUE.

De démarrer... quoi.

LONFUSEAU.

De démarrer, vous l'avez dit.

MISTIGRIS.

Compris, on s'en va.

TOUS LES MATELOTS, sortent sur la reprise du refrain.

C'est l' vin du Roussillon,
Etc.

LA COMTESSE, retirant son voile.

Fort bien, mon cher cousin, fort bien... Je vous admire... Vous êtes superbe... mais il y a quelques heures, vous ne parliez pas sur ce ton...

DES IFS.

Quand vous m'avez fait arrêter... c'est bien possible... J'ai cru un instant que ma déconfiture était complète... Heureusement vous avez oublié de faire empoigner ce brave Lonfuseau. (Il lui donne une poignée de main.) Il a pu me délivrer, je me suis mis à la tête de mes amis et...

LA COMTESSE.

Et c'est moi maintenant qui suis votre prisonnière.

DES IFS.

Voilà la politique... aujourd'hui en haut, demain en bas!... La politique est une balançoire.

LA COMTESSE.

Oui... mais qui sait?... Ma situation peut changer...

COUPLETS.

I

Des caprices du jeu
Méfiez-vous un peu,
Songez que le hasard
Y tient la grande part.
Entre nous deux le gain
Est encore incertain.
Attendez, beau cousin...

C'est quand la belle se jouera
Que le sort en décidera,
Et celui-là qui gagnera,
Ah! vraiment celui-là
Rira!

II

Je vous avais d'abord
Battu sans trop d'effort.
Vous êtes en ce jour
Vainqueur à votre tour;
Mais j'ai peut-être en main
Des atouts pour la fin.
Attendez, beau cousin,

C'est quand la belle se jouera,
Etc.

DES IFS.

Sur qui comptez-vous donc?

LA COMTESSE.

Sur mes amis.

DES IFS.

Ils arriveront trop tard... Avant une heure, ma chère cousine, vous serez en route pour l'Espagne.

LA COMTESSE, raillant.

Une heure!... mais savez-vous que c'est quelque chose d'avoir une heure devant soi.

DES IFS, même jeu.

C'est énorme... je ne dis pas le contraire. Seulement, je ne vous cacherai pas que pendant tout ce temps, nous veillerons sur vous comme des avares sur leur trésor.

LA COMTESSE, saluant gracieusement.

C'est très flatteur pour moi.

DES IFS, saluant gracieusement.

Flatteur et gênant.

LA COMTESSE, même jeu.

Je vois que je vais être traitée avec rigueur.

DES IFS, même jeu.

Rigueur extrême, mais panachée d'exquise galanterie, rien ne vous manquera. Désirez-vous quelque chose?... Avez-vous faim, avez-vous soif?... Parlez!

LA COMTESSE.

Je vous avouerai que ce voyage à bride abattue et par un air très vif...

DES IFS.

Vous a donné de l'appétit?

LA COMTESSE.

Si je vous disais non... vous croiriez peut-être que c'est par dépit... J'aime mieux dire oui.

DES IFS, vivement.

On va vous servir à déjeuner... Je vais donner des ordres... mais en attendant si vous voulez passer dans la chambre que j'ai fait préparer pour vous...

Lonfuseau ouvre la porte de droite premier plan.

LA COMTESSE.

Volontiers... (Des Ifs lui offre son bras et la conduit.) Je ne serai pas fâchée de me reposer un peu... et de déjeuner le plus tôt possible. J'ai besoin de prendre des forces... (Raillant.) on ne sait pas ce qui peut arriver.

DES IFS, de même.

Sans doute... sans doute... et dire que tout cela se serait passé autrement si vous l'aviez voulu.

LA COMTESSE, sur le pas de la porte.

Oui, c'est vrai... mais il eût fallu vous épouser.

DES IFS.

Eh bien?

LA COMTESSE, sèchement.

C'était encore bien pis!...

Elle entre et lui ferme la porte au nez.

SCÈNE III

DES IFS, LONFUSEAU.

DES IFS, à Lonfuseau.

Hein?...comme elle rage!

LONFUSEAU.

C'est fait pour cela... Elle voit bien que nous la tenons.

DES IFS.

Activons le départ... où en est-on?

LONFUSEAU.

Nous ne pouvons rien faire avant l'arrivée du capitaine Mérimac.

DES IFS.

Ah! oui, Mérimac... Est-ce qu'on n'est pas allé le délivrer?...

LONFUSEAU.

Pardon... on y est allé!... Et j'ai donné des ordres pour qu'on l'amène ici...

Grand bruit au dehors.

CRIS, *au dehors.*

Vive le capitaine!

LONFUSEAU.

Et tenez, entendez-vous,... c'est lui! Le voilà!...

Il sort après l'entrée de Mérimac.

SCÈNE IV

DES IFS, MÉRIMAC, LARTIMON, MARINS, MOUSSES.

Les marins entrent entourant Mérimac.

CHŒUR.

Voilà notre capitaine!
C'est bien lui!
Un bon vent nous le ramène
Aujourd'hui.
Vive, vive le capitaine!

TOUS.

Vive le capitaine!

MÉRIMAC, *étourdi.*

Oui, mes enfants, c'est bien moi, votre capitaine, mais du diable si je comprends un mot à tout ce qui m'arrive.

DES IFS, lui ouvrant ses bras.

Capitaine, dans mes bras!

MÉRIMAC, étonné.

Le duc!... Ici?

DES IFS, avec émotion.

Dans mes bras!

MÉRIMAC, s'y jetant.

Volontiers... (Il l'embrasse.) Mais pourquoi?

DES IFS, avec effusion.

Ah! homme antique... je tenais à vous donner devant tout votre équipage ce témoignage officiel de ma satisfaction pour votre belle conduite.

MÉRIMAC, surpris.

Qu'est-ce que j'ai donc fait?

DES IFS.

Il demande ce qu'il a fait? Mais vous avez été épique!

MÉRIMAC.

Epique... Moi?

DES IFS.

Epique et stoïque!... vous vous êtes laissé arrêter sans articuler un seul mot!...

MÉRIMAC.

Je ne pouvais pas articuler grand'chose.

DES IFS.

Vous pouviez nous compromettre... révéler ce que vous saviez.

MÉRIMAC.

Mais puisque je ne savais rien.

DES IFS, avec admiration.

Il ne sait rien!... même au milieu de nous il se renferme dans sa carapace!... on le couperait en quatre avant de lui faire dire quelque chose... le voilà le vrai conspirateur!

MÉRIMAC.

Comment... nous conspirions?...

DES IFS.

Ne faites pas le naïf, c'est inutile... puisque ça a réussi.

MÉRIMAC.

Ah bah!

DES IFS.

Et c'est à votre tour d'agir... Le *Crocodile* est-il prêt?

MÉRIMAC, surpris.

Quel crocodile?

DES IFS.

Le *caïman*? si vous le préférez... bien que nous ne soyons pas dans les mers du Sud.

MÉRIMAC, de plus en plus surpris.

Le *caïman*?

DES IFS, impatienté.

Votre navire, enfin!

MÉRIMAC.

Ah!... bon!... Le *Cormoran*.

DES IFS.

Le cormoran, maintenant... Nous voilà dans les oiseaux... Enfin, n'importe. (Montrant la porte de droite.) Elle est là...

MÉRIMAC.

Qui ça?...

DES IFS.

Comment, qui ça?... La personne en question. (Mérimac va pour parler. — Vivement.) Chut! ne la nommez pas!... C'est inutile.

MÉRIMAC.

Ce n'était pas mon intention.

DES IFS.

Vous la conduirez en Espagne et à votre retour je vous nomme amiral!

MÉRIMAC.

Amiral!... mon rêve!... Ordonnez, monsieur le duc, je suis prêt à partir.

DES IFS.

Bien!

MÉRIMAC.

Seulement, il faut que je retrouve ma femme... J'ai des raisons majeures pour l'emmener avec moi.

DES IFS.

Monsieur de Mérimac, la seule raison que j'admette, c'est la raison d'Etat... Quant à votre femme on la retrouvera plus tard... Une femme, ça se retrouve toujours.

MÉRIMAC.

Oui, mais permettez... c'est qu'elle est jeune et jolie et que je ne serais pas fâché...

DES IFS.

Plus un mot!... Le service avant tout... les bêtises après.

MÉRIMAC.

C'est bien, j'obéis... et je vais inspecter le navire.

DES IFS.

Bon!... J'y vais avec vous...

MÉRIMAC, aux marins.

Vous autres, buvez un dernier coup... et dans dix minutes tout le monde sur le pont!

DES IFS, répétant.

Tout le monde sur le pont. (Jetant sa bourse aux marins.) Tenez, voilà pour vous arroser le gosier.

LES MARINS, criant.

Vive le duc des Ifs!

DES IFS, enchanté.

Je me rends populaire. (A Mérimac.) Venez !...

Ils sortent par le fond.

TOUS.

Vive le duc des Ifs !

SCÈNE V

LARTIMON, MISTIGRIS, L'ÉCUREUIL, MOUSTIQUE, MARINS, SERVANTES, puis VALENTIN, en matelot, OLIVETTE, OURIKA, en mousses.

LARTIMON.

La bourse est bien garnie!... fameux ! Absorbons vite les liquides... Ohé ! la fille !

TOUS LES MARINS et LES MOUSSES.

Ohé ! la fille !... ohé !

Plusieurs servantes entrent.

UNE SERVANTE.

Qu'est-ce qu'il faut ?

MISTIGRIS.

Du vin, tonnerre de Brest !

L'ÉCUREUIL.

Du vin, et du meilleur !...

DEUXIÈME SERVANTE.

Du meilleur... nous n'en avons pas d'autres... (Prenant un broc et servant.) En voilà !...

Elle verse à droite, pendant que l'autre servante verse à gauche. — Olivette paraît au fond, au milieu, en petit mousse. — Elle semble s'orienter.

OLIVETTE, au fond.

C'est ici... (Faisant un signe en dehors.) Venez... venez... (Valentin en matelot et Ourika en mousse paraissent au fond. — S'avançant le chapeau à la main et s'adressant aux marins.) Pardon, les amis... on peut entrer?

MOUSTIQUE.

Tiens, pardié, l'auberge est à tout le monde.

OLIVETTE, résolument.

Alors, nous entrons... Bonjour, camarades.

VALENTIN et OURIKA.

Bonjour, camarades.

LES MARINS.

Bonjour.

LARTIMON, les examinant.

D'où ce qu'ils sortent, ceux-là?

OLIVETTE, à Valentin et à Ourika.

Attention!... Soyons nature.

OURIKA, tirant une pipe de sa poche et s'adressant à Lartimon.

Dites donc, l'ancien, voulez-vous me donner un peu de feu?...

MOUSTIQUE.

Volontiers... (Regardant Ourika.) Faut-il qu'il en ait fumé pour s'être culotté la boule comme ça.

TOUS, riant.

Ah! ah! ah! ah!

LARTIMON.

Mais qu'est-ce que vous voulez?

VALENTIN, montrant le fond.

Parler au maître d'équipage de ce navire.

LARTIMON.

C'est moi... dégoisez votre affaire et dépêchez-vous, nous partons dans une demi-heure.

OLIVETTE, regardant Valentin.

Dans une demi-heure ! (Haut, à Lartimon.) Mon Dieu!... c'est bien simple, mon ancien, on nous a dit que vous aviez besoin de monde et nous venons nous présenter pour faire partie de l'équipage.

LARTIMON.

Toi, moussaillon... (L'examinant.) Tu ne m'as pas l'air bien solide.

OLIVETTE.

L'air n'y fait rien, nom d'une gaffe ! On connaît la manœuvre... et on vous sait un tas de chansons... Ecoutez-moi un peu celle-ci... mille tribords !

I

Mes amis, qu'il était beau
Le marin de Saint-Malo !
Oh ! oh ! oh !
D' retour du Congo,
Il s' maria presto,
Oh ! oh !
Avec la bell' Margot.

II

Le mariage à pein' fini,
Faut-il qu'il part' pour Taïti,
Hi ! hi ! hi !
A sa femme il dit :
Sois, mon p'tit bibi,
Hi ! hi !
Fidèle à ton mari !

III

Quand il r'vint au bout d' deux ans,
Margot lui montr' quatre enfants,
Han ! han ! han !
Bah ! qu'il dit gaiement,
Le bien, très souvent,
Han ! han !
Nous vient en voyageant !

LARTIMON.

Il est gentil, ce moucheron-là ! y m' va.

OLIVETTE, *vivement.*

Alors, vous nous prenez?

LARTIMON.

Ça, c'est différent... impossible, mon petit, nous n'avons besoin de personne.

VALENTIN.

Cependant...

OLIVETTE.

Mon bon monsieur...

LARTIMON.

Inutile... L'équipage est au complet et notre service nous réclame. (*Aux marins.*) Allons, camarades, au navire! et du leste.

Lartimon et les marins sortent en reprenant le refrain.

REPRISE.

Bah! qu'il dit gaiement,
Le bien, très souvent,
Han! han!
Nous vient en voyageant.

SCÈNE VI

OLIVETTE, VALENTIN, OURIKA.

OLIVETTE.

Allons, c'est une affaire manquée.

OURIKA.

J'avais pourtant fait une prière à mon petit fétiche. (*Tirant le collier de son sein avec colère.*) Vilain Manitou!...

OLIVETTE, *vivement.*

Veux-tu cacher ce collier!

VALENTIN.

Vous allez nous faire découvrir. (Ourika remet le collier sous son vêtement.) Décidément le sort s'acharne après nous... Quand j'ai arrêté, mon oncle, hier à minuit, je croyais bien que nous étions sauvés... pas du tout... Voilà la comtesse qui s'avise de déclarer qu'elle me prend pour époux... C'était tomber de Charybde en Scylla.

OLIVETTE.

Aussi, pour en finir nous avons pris le parti de fuir au plus vite... Nous espérions trouver sur la côte un navire qui nous conduirait à l'étranger.

VALENTIN.

Un seul était en partance : le *Cormoran!*

OLIVETTE.

Nous achetons ces habits et nous venons nous offrir pour faire partie de l'équipage, mais ça n'a pas pris... Que faire maintenant?

VALENTIN.

Attendez... Peut-être qu'en parcourant la côte, on trouverait une barque, et un patron qui consentirait à nous conduire...

OLIVETTE.

Oui...

VALENTIN.

J'y cours... et j'emmène Ourika... Si je trouve ce qu'il nous faut, elle viendra vous chercher. (A Ourika.) Viens, viens vite.

Ils sortent ensemble.

SCÈNE VII

OLIVETTE, puis LE DUC DES IFS.

OLIVETTE.

Pourvu qu'ils réussissent, le temps presse et le danger augmente à chaque minute. La comtesse a dû s'apercevoir de notre fuite... faire courir après nous. (Grand bruit au dehors, cris, tumulte.) Eh! mon Dieu!... d'où vient ce bruit? On dirait une dispute.

DES IFS, paraissant au fond.

Tenez-le bien!... Ne le lâchez pas!

OLIVETTE, stupéfaite.

Le duc des Ifs... Comment... lui, ici... quand je le croyais...

DES IFS, descendant.

Allons, décidément tout nous réussit aujourd'hui... C'est une série. (Apercevant Olivette.) Hein! un mousse qui flâne. (Allant à elle.) Hé! toi!... veux-tu bien vite... clampin! (Elle se retourne, très étonné.) Olivette!... sous ce costume!...

OLIVETTE, un peu embarrassée.

Mon Dieu, monsieur le duc, c'est bien simple. En voyant échouer la conspiration, moi, qui étais des vôtres, j'ai eu peur, et je me suis sauvée sous le premier déguisement venu.

DES IFS.

Bon! bon! je comprends... mais inutile de vous cacher maintenant. La chance a tourné, nous sommes vainqueurs sur toute la ligne... (Montrant la droite.) La comtesse est là en mon pouvoir.

OLIVETTE.

Est-il possible?

DES IFS.

Et de plus, je viens de faire une capture importante.

OLIVETTE.

Qui donc?

DES IFS.

L'officier des gardes, le petit Valentin qui rôdait, déguisé en matelot, dans le but évident de délivrer la comtesse... nous venons de le pincer!

OLIVETTE, avec un cri.

Ah!... (Vivement.) Et que comptez-vous faire de lui?

DES IFS.

Il m'est venu une idée délicieuse.

OLIVETTE.

Ça ne m'étonne pas... Cette idée?

DES IFS.

La voici... Puisque ma cousine veut en faire son mari, puisqu'ils s'aiment comme deux tourtereaux... je vais leur donner la même cage.

OLIVETTE, très inquiète.

La même cage?... Comment?

DES IFS.

En les faisant embarquer ensemble sur le *Cormoran*.

OLIVETTE, à part.

Ensemble... Oh! mon Dieu!

DES IFS.

Ils iront filer le parfait amour sur la terre espagnole, avec des castagnettes, c'est adorable... et tiens, en te regardant il me vient une autre idée... délicieuse.

OLIVETTE, effrayée.

Encore une?

DES IFS.

Quand je m'y mets, je ne m'arrête plus... tu sais que je t'aime... Est-ce que par hasard je ne te l'aurais pas dit?

OLIVETTE.

Je crois que si.

DES IFS.

Oui... il me semblait bien... mais j'ai tant de choses dans la tête... tu comprends... j'aurais pu l'oublier... Eh bien, je t'emmène avec moi à Perpignan.

COUPLETS.

I

Nous nous rendrons à Perpignan
Pendant qu'ils seront en Espagne;
Dans cet endroit plein d'agrément,
Ah! permets que je t'accompagne.
La comtesse et son tendre amant
Au loin vont battre la campagne;
Nous rirons bien à Perpignan
Pendant qu'ils seront en Espagne.

II

Nous rirons bien à Perpignan
Pendant qu'ils seront en Espagne;
Nous nous aimerons fortement
Dans ce beau pays de cocagne,
Et comme, en fait de sentiment,
Je n'ai jamais fait Charlemagne,
Je te promets de l'agrément,
Pendant qu'ils seront en Espagne.

Mais avant de partir, écoute... Tout près d'ici... à main gauche, il y a la cabane du garde-côtes... en voici la clé, prends-la.

OLIVETTE, *refusant.*

Moi!

DES IFS, *la forçant à prendre la clé.*

Prends-la... prends-la...

OLIVETTE.

Mais pourquoi?

DES IFS.

Elle demande pourquoi?... Cache ta rougeur... tu vas aller m'attendre dans cette cabane.. moi, tout à l'heure je t'y rejoins... cache ta rougeur... ange! (En sortant.) Oh! non, là vrai, il n'est pas permis d'avoir une organisation pareille... c'est tout un monde... Ange!... elle demande pourquoi?

Il sort.

SCÈNE VIII

OLIVETTE, puis OURIKA.

OLIVETTE.

Plus souvent... Valentin partant avec la comtesse... moi d'un autre côté avec le duc... ce serait du joli. (Comme frappée d'une idée subite.) Oh! (Montrant la droite.) La comtesse est là, m'a-t-il dit... si je pouvais prendre sa place... on m'embarquerait avec mon mari... oui, mais pour en arriver là... il faudrait avant tout mettre le duc dans l'impossibilité d'agir.

OURIKA, entrant vivement.

Ah! maîtresse... vous savez ce pauvre monsieur Valentin.

OLIVETTE.

Arrêté... oui... oui... je sais. (A part, regardant Ourika.) Ourika, elle m'est dévouée. (Haut.) Ecoute... tu peux nous sauver tous les deux.

OURIKA.

Moi?... parlez, que faut-il faire?...

OLIVETTE, très vivement.

Prends cette clé... rends-toi dans la cabane du garde-côtes, ici près...

OURIKA.

Je sais... je l'ai vue... une petite cahute obscure.

OLIVETTE, même jeu.

C'est cela... Une personne viendra t'y retrouver.

OURIKA, surprise.

Une personne!

OLIVETTE, même jeu.

Une fois qu'elle sera entrée... sans dire un mot... tu entends, sans dire un seul mot... tu te glisseras dehors... tu fermeras la porte à double tour... et tu jetteras la clé dans la mer... Tu as compris?

OURIKA.

Oui.

OLIVETTE, voyant entrer Lonfuseau.

On vient... va vite... et enferme-le bien.

OURIKA.

Soyez tranquille, maîtresse... vous serez obéie...

Elle sort en courant.

OLIVETTE, seule.

Maintenant, comment faire pour pénétrer près de la comtesse.

Elle s'approche de la porte de droite.

SCÈNE IX

OLIVETTE, LONFUSEAU.

LONFUSEAU, arrivant par la gauche, il porte un plateau chargé de vivres.

Vite!... vite!... dépêchons-nous.

OLIVETTE, à part.

Lonfuseau!... si je pouvais me servir de lui. (Haut.) Où portez-vous donc ça?

LONFUSEAU.

Qu'est-ce que ça peut vous faire à vous? (La reconnaissant.) Tiens! que je suis bête, c'est madame Olivette... je porte ça chez la comtesse!... C'est son déjeuner... et je vais lui dire de se dépêcher... car on ne va pas tarder à mettre à la voile.

Il va pour entrer à droite, on entend un grand bruit au fond.

OLIVETTE, le retenant.

Attendez donc... Vous n'entendez pas ce bruit?

LONFUSEAU.

Ce n'est rien... quelque querelle...

Il se dirige de nouveau à droite.

VOIX, au fond.

Monsieur Lonfuseau!

LONFUSEAU.

Qu'y a-t-il?

LARTIMON, paraissant au fond.

C'est le prisonnier qui refuse de se laisser embarquer... il brise tout... Venez donc lui parler.

LONFUSEAU, embarrassé.

C'est que je suis occupé.

OLIVETTE, lui prenant son plateau.

Donnez-moi ça... je vais le porter à la comtesse... ça m'amusera de voir la figure qu'elle fait.

LONFUSEAU.

Alors, si c'est par plaisir... j'accepte!... (Nouveau bruit au fond.) Entrez vite!... (Il ouvre la porte à droite.) Et dites-lui de mettre les morceaux doubles.

OLIVETTE.

C'est entendu!... (A part.) M'y voilà!...

Elle disparaît dans la chambre, dont Lonfuseau referme la porte avec précaution.

LONFUSEAU.

Courons maintenant.

Il remonte au moment où Valentin paraît au fond.

SCÈNE X

LONFUSEAU, VALENTIN, LARTIMON, MARINS, puis DES IFS.

VALENTIN, au fond se débattant au milieu des marins.

Laissez-moi!... laissez-moi! (Il les repousse et entre scène.) Je ne partirai pas.

DES IFS, entrant d'un autre côté.

Qu'y a-t-il donc?

LONFUSEAU.

C'est M. Valentin qui refuse de se laisser embarquer.

DES IFS.

C'est bon... Eloignez-vous... je me charge de lui faire entendre raison.

LONFUSEAU.

Ah!

DES IFS.

Et dites au capitaine Mérimac de venir me prévenir lorsque tout sera prêt pour le départ.

LONFUSEAU.

Oui, monseigneur.

Il s'incline et sort avec Lartimon et les marins.

SCÈNE XI

DES IFS, VALENTIN, puis MÉRIMAC.

DES IFS, à Valentin.

Mon cher ami, il y a une chose qui va vous calmer à l'instant, j'en suis certain.

VALENTIN.

Que voulez-vous dire?

DES IFS.

Je veux dire que vous ne partirez pas seul, et que l'on vous a donné pour compagne de voyage celle que vous aimez.

VALENTIN, joyeux.

Il serait possible... ma femme?

DES IFS, étonné.

Comment la comtesse est déjà votre...

VALENTIN.

La comtesse!

DES IFS, à part.

Un mariage clandestin... je m'en doutais.

MÉRIMAC, paraissant au fond.

Ah! le duc! (Apercevant Valentin.) Avec mon neveu!

Il s'arrête au fond et écoute.

DES IFS, à Valentin.

Eh bien! vous irez passer votre lune de miel en Espagne... vous chanterez des boléros... Avouez que c'est gentil de ma part de ne pas vous séparer.

VALENTIN.

Pardon, je...

DES IFS.

Bon! bon... ne me remerciez pas... Je suis content, je suis gai... et je veux que tout le monde soit heureux... (Se frottant les mains.) Heureux comme je viens de l'être avec la charmante Olivette!

MÉRIMAC, au fond.

Olivette!

VALENTIN, relevant la tête.

Que voulez-vous dire?

DES IFS, vivement.

Non! rien!... Il ne faut pas qu'on sache, si ce malheureux Mérimac se doutait... Ah! ah! pauvre imbécile de capitaine!

MÉRIMAC, à part au fond.

Imbécile!... moi!...

VALENTIN, à des Ifs.

Parlez, parlez...

DES IFS.

Eh bien, vous voyez un homme couronné des palmes de la victoire... Olivette m'a accordé tout à l'heure un rendez-vous.

VALENTIN.

Elle!

MÉRIMAC.

Hein?

DES IFS.

Je la quitte à l'instant... D'abord, elle a voulu fuir... c'était le dernier effort d'une vertu mourante!... Mais j'ai été plus leste qu'elle et j'ai fermé la porte en dedans... cric! crac! Elle n'a plus dit un mot et... (Clignant des yeux.) Qu'ajouterais-je? vous m'avez compris!

VALENTIN, avec force.

Allons donc!... c'est impossible!...

DES IFS, d'un air suffisant.

Ma parole d'honneur!

VALENTIN, tombant accablé sur une chaise.

Quelle infamie!

MÉRIMAC, s'avançant vivement et d'un ton menaçant.

Monsieur le duc!

DES IFS, à part.

Le mari!

VALENTIN, de même.

Mon oncle!

DES IFS, inquiet.

Aurait-il entendu? (Haut.) Qu'y a-t-il, capitaine?

MÉRIMAC, à part.

Au fait! à quoi bon!... Elle n'en vaut pas la peine! (Haut et très doucement.) Je venais annoncer à monsieur le duc que nous sommes prêts à partir.

DES IFS.

Ah! très bien... Je vais prévenir la comtesse. (A part, en sortant.) Il ne se doute de rien... Quel canari!

Il va ouvrir la porte de droite.

SCÈNE XII

LES MÊMES, puis LA COMTESSE.

VALENTIN, furieux, à part.

C'est indigne!

MÉRIMAC, même jeu.

C'est monstrueux! et tu dois comprendre qu'après ce qui s'est passé, je n'en veux plus de ton Olivette.

Des Ifs qui a ouvert la porte amène par la main Olivette, voilée et revêtue des habits de la comtesse.

VALENTIN, de même.

Mon Olivette... Dites la vôtre, je vous la donne!

OLIVETTE, sous les habits de la comtesse.

Vous parliez d'Olivette... Que disiez-vous d'elle?

VALENTIN, vivement.

Rien, madame, rien.

OLIVETTE, à part.

Et moi, je veux savoir... (A Mérimac.) Parlez, capitaine.

MÉRIMAC, avec résolution.

Eh bien! oui, je parlerai!... ça me soulagera. Olivette, madame, n'a plus droit à votre sympathie... Elle a manqué à tous ses devoirs.

QUATUOR.

OLIVETTE.

Qu'entends-je? Olivette infidèle!
Non, je n'y puis ajouter foi!
Je la connais, je réponds d'elle,
Oui, j'en réponds comme de moi.

MÉRIMAC, montrant le duc.

A votre cousin j'en appelle,
Il pourra vous désabuser.

DES IFS, avec fatuité.

Je dois avouer que la belle
N'a plus rien à me refuser!

OLIVETTE.

C'est faux! c'est faux! j'en suis certaine!
Prouvez-le moi si vous pouvez!

DES IFS.

Parbleu! je n'en suis guère en peine,
Et puisqu'enfin vous l'exigez,

Tirant de sa poche le collier d'Ourika.

Eh bien! de ma victoire

Le gage, le voilà,
Car de son cou d'ivoire
Tomba ce bijou-là!

VALENTIN.

Mais c'est le collier d'Ourika!

DES IFS, stupéfait.

D'Ourika!

MÉRIMAC.

D'Ourika!

VALENTIN et OLIVETTE.

D'Ourika!

DES IFS, faisant la grimace.

Une mulâtresse,
Presqu'une négresse,
On n'est pas dupe à ce point-là!

ENSEMBLE.

VALENTIN, MÉRIMAC, OLIVETTE.

Ah! ah! ah! ah! quelle figure!
Qu'il est piteux ce grand vainqueur!
Ah! ah! ah! ah! cette aventure
Va lui faire beaucoup d'honneur!

DES IFS.

Je fais une triste figure,
Et me voilà perdu d'honneur!
De cette funeste aventure,
Non, rien n'égale la noirceur!

VALENTIN, MÉRIMAC.

Salut au vainqueur d'Ourika!

DES IFS.

D'Ourika!

MÉRIMAC.

D'Ourika!

VALENTIN, OLIVETTE.

D'Ourika!

DES IFS, furieux.

Une mulâtresse,
Presqu'une négresse,
On n'est pas dupe à ce point-là!

ENSEMBLE.

VALENTIN, MÉRIMAC, OLIVETTE.

Ah! ah! ah! ah! quelle figure!
Etc.

DES IFS.

Je fais une triste figure,
Etc.

La musique continue en sourdine à l'orchestre.

DES IFS, avec force.

Je suis tombé dans le panneau comme un oison... et c'est cette petite Olivette qui m'a bafoué!... Mais je me vengerai!... Oh! oui... je me vengerai.

On entend au dehors une marche militaire.

OLIVETTE, à part, avec joie.

Nous sommes sauvés!...

DES IFS, très surpris.

Qu'est-ce que c'est que ça?

OLIVETTE, retirant son voile.

Je vais vous le dire!

TOUS LES TROIS, poussant un cri.

Olivette!

DES IFS, avec force.

Vous!... vous!... Mais alors la comtesse?...

OLIVETTE.

Echappée, grâce à mon costume que je lui ai donné en échange du sien.

DES IFS, vivement.

Echappée... Il faut courir après elle... courir à l'instant.

Il remonte.

LA COMTESSE, qui paraît au fond entourée de soldats.

C'est inutile.

DES IFS, atterré.

O ma dix-septième!

SCÈNE XIII

LES MÊMES, LA COMTESSE, en grand costume de cour, MARVEJOL, SOLDATS, LONFUSEAU, LES MARINS.

LA COMTESSE, s'avançant.

Eh bien, mon cousin, je vous avais dit qu'il restait à jouer la belle... qui de nous deux l'a gagnée?

DES IFS.

C'est une déveine!

LA COMTESSE.

Complète!... et pour achever votre déroute, (Allant à Valentine.) je vais épouser aujourd'hui même celui que j'ai choisi.

VALENTIN, OLIVETTE.

Ciel!

MÉRIMAC, à part, regardant Valentin.

Attends!... (Haut.) Impossible, Altesse, il est déjà marié!

LA COMTESSE DES IFS et MARVEJOL.

Marié!

MÉRIMAC.

Mon Dieu, oui... ce cher garçon a pris ma place à la chapelle et c'est lui qui a épousé Olivette.

MARVEJOL, *surpris.*

Ah! bah!... j'ai un autre gendre!

LA COMTESSE, *avec colère.*

Il serait possible?... On se serait à ce point moqué de moi! (*A Valentin.*) Répondez!... Mais répondez donc, monsieur... vous restez muet? (*Avec éclat.*) C'était vrai!...

FINALE.

VALENTIN, *fléchissant le genou.*

Pardonnez-moi.

OLIVETTE, *même jeu.*

Pardonnez-nous!
Je vous le demande à genoux!

LA COMTESSE, *très émue et la regardant.*

Eh! quoi, c'est elle qui m'implore,
Et je serais sourde à la voix
De cette enfant à qui je dois
D'être la souveraine encore!
Non! non!

A Valentin et à Olivette.

Relevez-vous!...

Prenant Olivette par la main et la poussant vers Valentin.

Allons! embrasse ton époux!

OLIVETTE, *dans les bras de Valentin.*

Ah! mon ami!

VALENTIN, *avec joie.*

Chère Olivette!

MÉRIMAC, *vexé.*

Je viens de faire une boulette!...

LA COMTESSE, *au duc.*

Moi, pour régner tranquille,
Pour éviter, cousin,
Qu'en Espagne on m'exile,
Tenez, voici ma main!

DES IFS.

O bonheur ô délire!

Enfin je deviens roi !
Si jamais je conspire,
Ce sera contre moi !

LA COMTESSE, OLIVETTE, au public.

Sous la tonnelle,
Où nous appelle
Le gai refrain
Du tambourin,
On va danser soudain
En fêtant notre hymen !
Pour animer la danse,
Puissent, faisant échos,
Aux chants de la Province
Se mêler vos bravos !

CHOEUR.

Ah ! ah ! ah ! ah !
A la farandole
Qui court et vole,
Vole, vole,
Ils donneront du ton !
Ah ! ah ! ah ! ah !
Pour la danse folle
C'est un gai carillon !

Rideau.

FIN

Imprimerie générale de Châtillon-sur-Seine. — Jeanne Robert.

EN VENTE CHEZ LE MÊME ÉDITEUR

PIÈCES DE THÉATRE, FORMAT GRAND IN-18 ANGLAIS

La Petite Mariée .... 2 »
Le Fils adoptif .... 2 »
Les Deux Cousines 1 50
La Couverture .... 1 »
Le Pompon .... 2 »
Pif-paf 1 50
Le Wagon 813 .... 1 50
Au Port 1 50
Les Colères du fleuve ... » 50
Partie pour Saumur 1 50
Toulouse .... » 50
L'Inondation .... » 50
L'Ilote 1 50
Tristapatte et Duraflée.. 1 50
Le Pan de Robe 1 50
Les Deux Orphelines ... 2 »
Tous Dentistes 1 50
Retour du Japon 1 50
La Maîtresse légitime... 2 »
Les Lunatiques .... 1 »
La Revue à la vapeur .. 1 50
Les Bibelots de Paris... 1 50
De deux heures à quatre. 1 50
Calino amoureux, in-8°.. 1 »
Le Traquenard .... 1 »
La Malle des Indes, in-4°. » 50
Madame Mascarille 1 50
L'Épilogue .... 1 »
Giroflé-Girofla .... 2 »
Les Petits-fils de Ménélas. 1 50
Mon Abonné .... 1 »
Revendication 1 50
La Famille Trouillat ..... 2 »
Les Bêtes noires du Capitaine .... 2 »
Les Filles de l'air 1 50
Le Théâtre Archi-Moral. 1 »
Mémoires d'un Flageolet. 1 50
Une Dame au Violon, 8°. » 60
Ce que deviennent les Filles de marbre, in-8° » 60
Les Chevaliers de la Charité, in-4° .... » 50
35 ans de bail in-8°,... 2 »
Un Mari dans les Petites-Affiches, in-8° ...... » 60
Le Théâtre Scribe ...... » 50

Les jeunes .... » 50
Un lit pour trois 1 50
Pourquoi plus de chansons » 50
Robinette 1 50
Bagatelle 1 50
La Maison du Mari ..... 2 »
La Femme de Paillasse. 2 »
Le Guide du bon ton ... 1 »
Mariée depuis midi 1 50
Le Florentin .... 1 »
Le Secret de Rochrune. 2 »
L'Opéra aux Italiens .... 1 »
Ah! c'est donc toi Mme la Revue .... 2 »
Forte en Gueule .... 2 »
Le Fils de la Comédienne. 2 »
Le Poisson Volant, in-4°. » 50
Charlotte et Nicaise ..... 1 »
La Liqueur d'Or .... 2 »
La Vie de famille, in-8°. » 60
Une Volonté de fer, 8°. » 60
Une drôle de bonne, 8°. » 60
La Falaise de Penmark . 2 »
La Jolie parfumeuse .... 2 »
La Nuit des Noces de la fille Angot .... 1 »
Un beau-père pas bête, 8° » 60
Les Baisers du Roi ...... 1 »
L'Apprenti de Cléomène. 1 »
Les Brigands par amour. 1 »
C'est un prodige, in-8°. » 60
La Leçon d'amour .... 1 »
A perpétuité .... 1 »
Agence matrimoniale .... 1 »
La Patte à Coco, in-4°. » 50
Pomme d'Api 1 50
La permission de 10 heures .... 1 »
A Chatou .... 1 »
La Licorne 1 50
Postillons de Fougerolles 2 »
La Clarinette postale ... 1 50
Le Client de Campagnac 1 »
Les Esprits des Batignolles .... 1 »
Prenez l'ascenceur ..... 1 »

L'Oubliée .... 2 »
La Mort de Molière ..... 2 »
Les Horreurs du Carnaval .... 1 »
Le Club des Séparés ... 1 »
L'Éducation d'Ernestine. 1 »
L'Entresol .... 1 »
La Clé de Barbebleue ... 1 »
Les Trois Princesses, 4°. » 50
Venez, je m'ennuie ..... 1 »
Aristophane à Paris, in-4° » 50
Dans une armoire .... 1 »
Caïn .... 1 »
Du pain s'il vous plaît .. 1 »
Jane .... 2 »
La Flamme de Claude .. 1 »
Un Trésor dans une botte 1 »
Galathée et Pygmalion .. 1 »
Un Lâche .... 2 »
Le Forgeron de Châteaudun .... 2 »
Le portier du no 15 .... 2 »
Les pommes d'Or, in-4°. » 50
La Fille de Mme Angot. 2 »
Le Paletot de l'avare .... 1 »
L'Amour au village ..... » 50
Don César de Bazan, op.c. 1 »
Sol-si-ré-pif-pan .... 1 »
Sous le masque .... 1 »
Le Meilleur moyen ...... 1 »
L'Orgon de Tartuffe ..... 2 »
Très-fragile .... 1 »
Difficile à marier .... 1 »
Il pleut .... 1 »
Mazeppa .... 2 »
Un homme comme il faut.. 1 »
Un fiancé à l'heure ..... 1 »
La Bonne à Venture .... 1 »
Une poignée de bêtises. 1 »
Paris dans l'eau 1 50
Les Apôtres du mal ..... 2 »
Vive la Joie et les militaires .... 1 »
Les Cent Vierges .... 2 »
La Tête de Carton ..... 1 »
Daniel Manin .... 2 »

Clichy. — Imprimerie PAUL DUPONT, rue du Bac-d'Asnières, 12. — 1464. 12.4.1879.

www.ingramcontent.com/pod-product-compliance
Ingram Content Group UK Ltd.
Pitfield, Milton Keynes, MK11 3LW, UK
UKHW022114190726
13855UKWH00002B/844

9 782013 060059